Mathias Énard

Der Alkohol und die Wehmut

Mathias Énard

Der Alkohol und die Wehmut

Roman

Aus dem Französischen
von Claudia Hamm

Matthes & Seitz Berlin

Sie übertreiben, mein bester Herr, ja, Sie irren sich. Da können Sie lange suchen, Sie werden nichts finden. Die berühmte russische Seele existiert nicht. Das einzig Greifbare daran ist der Alkohol, die Wehmut und die Leidenschaft für Pferderennen. Ich versichere Ihnen, etwas anderes ist da nicht.

Anton Tschechow, *Die Postkutsche von Twer*

Für Jeanne, wo immer sie ist

Moskau

Du bist kein echter Bruder, Wladimir, du trinkst nicht mit, nicht einen Tropfen, mein Alter, trotz all der Kilometer durch heruntergebrannte Birken und trotz der abgewetzten Gleise, die uns entgegenschreien, wir werden abkratzen. Wir haben Moskau gesehen und du tust mir das an, bleibst stumm, völlig zu, vielleicht hast du dich aufgegeben, weil das Leben dich abgefüllt hat, wo der Zug doch gerade in Wladimir hält. Wlado, ich muss dir eine Geschichte erzählen, ich habe sie in Moskau gehört, weißt du, der vertraut grauen Stadt mit ihren Autos und den überraschend goldenen Zwiebeltürmen, diesen freundlichen Knospen, von denen der Regen tropft. Reisen hilft eben auch nicht. Alles sieht überall gleich aus. Dieses sowjetische Hotel, in dem ich gestern schlief, mit seinem Achtzigzentimeterbett, seinem leeren, die Nacht durch brummenden Kühlschrank, seinen Blümchenvorhängen, seinem fleckigen Teppichboden und seiner affenarschfarbigen Tapete – all das nahm einem sogar die Lust, sich noch einmal schlafen zu legen. Ich versuche, mir diesen Ort bei Sonne vorzustellen, er sähe sicher noch trister aus. Ich muss mich anpassen. Ein Reisender muss sich anpassen, heißt es. Reine Disziplin, reine Übung. Ich glaube, ich bin nicht zum Reisen geschaffen, Wolodja, selbst mit dir nicht. Mich interessiert nur der Blickwinkel der Freundschaft, der Begegnung, aber ich weiß auch, dass das dem Reisenden nicht einfach so geschenkt wird. Nur Patagonien, nur Patagonien passt zu meiner unermesslichen Traurigkeit. Alles Lügen. Du weißt, wovon ich rede, du kennst die Einsamkeit und Langeweile eines Hotelzimmers, in dem man nichts zu suchen hat, in dem man nicht tut, was man tun sollte: schlafen, trinken, lesen oder unvergessliche Werke schreiben. Moskaus laues Herz schlägt in seinem Lavasarg. Wie viele Stunden habe ich noch zu verlieren? Auf dem Weg vom Flughafen sah ich das Mahnmal, das markiert, bis wohin die vorrückenden Deutschen auf der Leningrad-Route kamen: auf einem Fries zwei riesige Pferde, die die in der Erinnerung gigantischen Panzer aufhalten sollen.

Еще не умер ты не один …

Mitten in der Nacht einer dieser Anrufe, vor denen wir uns alle fürchten, um drei Uhr morgens, vom Klingeln meines Handys geweckt, erkannte ich eine russische Nummer, eine aus Moskau, doch es war nicht die von Jeanne. Eine Sekunde lang dachte ich, sie hat einen Unfall gehabt und man ruft mich an, um mir mitzuteilen, dass sie tot ist, ich schaute auf das Display, hob schließlich knapp vor dem Einschalten des Anrufbeantworters ab, erkannte ihre Stimme, hallo, ich sagte auch hallo, hallo, hallo, Jeanne? Mathias, sagte sie und nichts weiter, ja, ich bin's, was ist los, was ist mit dir, sie antwortete nicht, ich musste ihren Vornamen ein Dutzend Mal wiederholen, hallo Jeanne? Jeanne? Ich glaubte, sie sei betrunken und habe plötzlich mitten in der Nacht Lust gehabt, mich anzurufen, doch sie sagte nichts, gar nichts, nicht ein Wort, ich hörte nur ihren Atem, sie war dran, aber schwieg. Das ging mir plötzlich auf die Nerven, Jeanne, murrte ich, es ist drei Uhr morgens, wenn du nicht redest, lege ich auf, und nach einer Weile hauchte sie nur: Wladimir. Sonst nichts, es war auch nicht nötig, irgendetwas hinzuzufügen, ich verstummte.

Acht Tage später stand ich in Moskau und erkannte nichts wieder; am Flughafen Scheremetjewo gab es einen neuen Terminal, ich hatte den Eindruck, im falschen Land angekommen zu sein. Jeanne erwartete mich an der Metro Belorusskaja, die ich ebenfalls nicht kannte. Es regnete.

Ich weiß nicht mehr, in welchem Moment genau ich beschlossen habe, diese Reise anzutreten und dich nach Sibirien zu bringen, in Moskau jedenfalls, der Stadt der tausendunddrei Kirchtürme und der sieben Bahnhöfe, zitterte ich erst einmal im Nieselregen und hielt Jeannes Hand; sie war bleich und zerbrechlich, hatte dunkle Augenringe und ihr Atem roch nach Ether, nach Wodka oder Medikamenten.

»Wie geht's, hat's sehr lang gedauert?«

»Mit dem Flugzeug dauert's immer sehr lang. Ich habe mich auf dich gefreut«, log ich.

»Ich auch.«

»Wie geht's?«

»Nicht besonders, ich habe seit einer Woche nicht geschlafen. Ich denke die ganze Zeit an ihn.«

»Mir auch nicht. Mir geht's auch nicht gerade gut. Ich habe mehr Pillen als Klamotten im Koffer.«

»Dein Koffer ist ziemlich klein.«

»Ich bleibe nicht lange. Übrigens habe ich ein Hotelzimmer reserviert.«

»Wirklich? Willst du nicht lieber zu mir kommen?«

Sie sagte es mit neutraler Stimme, als bedeute es ihr nicht besonders viel. Ich spürte, dass sie heuchelte, so wie ich sicherlich auch. »Ich muss allein sein«, gab ich zurück. Was faselte ich da. Tatsächlich brauchte ich sie, konnte es aber nicht zugeben. Ich hatte sie fast zwei Jahre lang nicht gesehen, ihre braunen Haare waren länger, wie mir schien, ihre Lippen heller, ihre Haut weißer.

Ich hatte das Gefühl, ein entfernter Cousin zu sein, der zu einer Beerdigung kam. In diesen zwei Jahren hatte ich einen einzigen Brief von ihr bekommen, einen langen Brief. Ich hatte Wladimir mehrmals an der Strippe gehabt und jedes Mal den Eindruck, dass er mich heimlich anrief. Er hatte gesagt, alles laufe gut, doch das Ergebnis war: Ich stand allein mit Jeanne und einem Koffer im Regen.

In der Metro zog sie ein winziges Parfümfläschchen aus der Tasche, ließ einen Tropfen auf ihr rechtes Handgelenk perlen und rieb ihn mechanisch mit dem linken ein.

Ich hatte diese Bewegung vergessen.

Die Brust schnürte sich mir zusammen, ich hatte Lust, sie zu küssen, sie an mich zu ziehen, sie zu halten.

Ich schaute sie nur an.

»Du könntest wenigstens kurz mit zu mir kommen«, sagte sie.

Ich wollte keine Totenwache halten, ich wusste, dass wir von dir reden würden, dass sie mir alles erzählen würde und so weiter.

»Ich stelle meinen Koffer im Hotel ab.«

Ich sah, wie sich ihre Augen mit Tränen füllten und glänzten, ich hatte keine Kraft, irgendetwas für sie zu tun.

Jeanne erzählte mir, sie habe viele Freunde, die einem neuen, ganz außergewöhnlichen Sport anhingen, einer Leidenschaft, die einen bis zur Ekstase und zur größten Lust treiben könne, die Hölle ist eine Stadt, die Moskau sehr ähnelt, weißt du, natürlich erzählte sie mir von dir und weinte, ich sah ihre Hände zittern, beinahe hätte ich selbst losgeheult, da kam sie mit dieser Geschichte, was sie in den kommenden Tagen tun würde: Sie würde sich aufhängen, wie sie sich ausdrückte. Das ist die neueste Mode bei jungen Leuten, die auf der Suche nach starken Gefühlen sind, sich aufhängen, das bedeutet, dass man dir eine schmerzstillende Salbe auf die Schultern schmiert, auf dem Rücken drei Metallhaken in die Haut rammt und dich anderthalb Meter über den Boden hebt, wobei dein ganzes Gewicht an diesen Angelhaken hängt, die dir die Haut in die Länge ziehen, es blutet scheinbar nur ganz wenig und der Schmerz ist erträglich und löst einen fast mystischen Trancezustand aus: Angeblich hat man das Gefühl, dass man seinen Körper verliert, dass man sich auf diese drei Schmerzpunkte zusammenzieht und nichts mehr Gewicht hat, dass überhaupt nichts mehr Gewicht hat, und sie schaute mich an, Jeanne schaute mich an, ihre Augen waren so leer, dass ich hätte glauben können, sie sei rückfällig geworden. Und dann dachte ich, nein, wenn sie rückfällig geworden wäre, würde sie sich nicht in einem Moskauer Keller an Fleischerhaken aufhängen. Wir liefen zur Station Taganskaja, es hatte wieder zu regnen begonnen. Alles war dermaßen traurig, ich stellte mir Jeanne in ihrem Schmerz mit nacktem Oberkörper, halbgeöffneten Lippen und immer noch genauso leeren Augen in der Luft hängend vor und musste selbst zittern, was würde ich für meinen Schmerz tun, was konnte ich schon tun, ich würde mich nicht aufhängen oder zufällig Mittel und Wege finden, um Dope oder Opium zu rauchen. Ich hatte noch drei oder vier Stunden, bevor ich am Jaroslawler Bahnhof zu dir stoßen würde. Jeanne lief neben mir her; ich war verwirrt, ich hatte keine Lust auf ihre Anwesenheit.

»Ich muss zum Bahnhof«, sagte ich.

»Wollen wir nicht doch zu mir gehen? Wir könnten einen Tee trinken und uns ins Bett legen.«

Ich sagte nichts. Ich dachte, wir drei sind Matrjoschkas. Für immer ineinandergeschachtelt und außerhalb voneinander unbrauchbar, entzweit, leer. Sie rückte näher an mich heran.

»Komm schon, es ist nicht weit.«

Ich wusste, wenn ich mich darauf einließe, käme ich nie rechtzeitig zum Bahnhof, ich würde in ihren Armen einschlafen und sie in meinen, wir würden zwei der drei Puppen wieder ineinanderstecken, die mittlere und die kleine.

Wenn ich mit zu Jeanne ginge, würdest du ohne mich abfahren.

»Jeanne, ich muss zum Bahnhof.«

»Ich habe das Gefühl, du kommst auch nicht wieder. Auch du wirst da drüben in Sibirien verloren gehen. Schade.«

Sie nahm meine Hand und drückte sie. Ich starrte den schwarzen Schönheitsfleck an ihrem Kinn an, ich konnte ihr nicht in die Augen sehen.

»Jeanne, ich muss los.«

»Du bist es, der meine Hand festhält. Du wirst dir für nichts sehr wehtun. Bei mir ginge es uns besser.«

Ich dachte an Jeannes kleine Wohnung an der Metro Frunzenskaja zurück, neben dem wohlgeordneten Park, in dem wir im Sommer gern Bier getrunken hatten. Ich schwöre dir, wärst du da gewesen, wären wir prompt hingegangen, wir hätten etwas getrunken, und du, als falscher Bruder, hättest uns wie immer dabei zugeschaut.

»Diese Reise ist sinnlos. Bleib bei mir.«

Ich fuhr mit dem Finger die Adern auf Jeannes Hand bis zum Handgelenk nach. Ich knöpfte einen Knopf ihrer Bluse zu, den zweiten, glaube ich; man sah ihren schwarzen BH und den Ansatz ihrer Brüste. Ich schaffte es nicht loszugehen, sie auch nicht. Wir blieben einige Minuten schweigend im Regen stehen und schauten uns kaum an. Sie hatte recht, ich war es, dem es nicht gelang, ihre Hand loszulassen. Die Fingerglieder, die mich in der Welt hielten. Ich begriff, wie sehr ich mir wünschte, Jeanne würde mich nachts trösten, wir würden uns gegenseitig nachts trösten; große Kinder werden nicht gewiegt.

Ich küsste sie auf die Stirn, dann auf die Augen, wir zitterten. Irgendetwas explodierte in aller Stille, und ich brach auf.

Nischni Nowgorod

Zu was für Blödsinn du mich treibst, Wladimir, ich stelle mir vor, wie Jeanne jetzt an Haken hängt wie Christus am Kreuz und Blut weint oder Heroin raucht, ich kann nicht sagen, was mir lieber wäre. Diese Zugfahrt ist endlos, wir sind erst am Anfang der Reise und das Geratter der Räder tropft mir bereits aus den Ohren wie Salböl von einer Ikone.

Es ist ein bisschen trist, Wodka so allein herunterzustürzen, wie spät es wohl ist, wie lautete noch dein Spruch, »ich habe die Tür nach Sibirien weit aufstehen lassen«, wie hieß das noch auf Russisch, ich weiß es nicht mehr, es muss jetzt fast elf am Abend sein und wir kurz vor Nischni, dem ehemaligen Gorki, der Stadt der U-Boote, der Wolga und der Messe, wir sind noch Tausende von Kilometern von Nowosibirsk und von Sibirien entfernt, Tausende von Kilometern.

Man reist immer mit Toten im Gepäck, ich hätte Jeanne nicht zurücklassen sollen, sie fehlt mir jetzt schrecklich. Ich, der ich Reisen so hasse, bin jetzt geliefert, Stunden um Stunden habe ich vor mir, allein mit Wladimir, der schweigt, allein mit den Erinnerungen, dem Alkohol und der Wehmut, mehr bleibt nicht, wie Tschechow sagte, der Arzt, der beim Sterben Champagner trank, allein mit Sätzen, Versen, Erinnerungen; vielleicht hatte Jeanne recht, ich werde am Ende der Welt verloren gehen, in der sibirischen Nacht verschwinden, in den Stillen Ozean eintauchen, noch zehntausend Werst, mehr als selbst Tschitschikow zurücklegte, zehntausend Werst im Abteil dieses *spalni wagon* mit zwei Betten, einem für mich und einem für ein Gespenst. Ich bringe dich in dein Dorf, Wladimir, ich bringe dich nach Hause, zweihundertdreiundzwanzig Kilometer von Nowosibirsk entfernt, zweitausendachthundertvierzehn von Moskau und fünftausenddreihundertvierzig von Paris, das heißt gut hundert Tage mit dem Pferd, der Troika oder im Winter mit dem Schlitten. Den Kopf auf zwei Kissen gebettet schaue ich zu, wie die Birken vorüberziehen, Hunderttausende von weißen Schatten, manche geköpft, andere Gespenster, wir wären wohl besser in einem gepanzerten Zug aufgehoben, wir könnten Bäume mit dem Maschinengewehr fällen, uns im Schießen üben wie Trotzki, der zwei Jahre in seinem Waggon verbringt, um Städte von den Weißen zurückzuerobern, der nur im Schneckentempo vorankommt, weil er gezwungen ist, vor jedem Kilometer erst die Gleise instand zu setzen. Man erzählt, in seinem Zug habe es schlichtweg alles gegeben, eine Bibliothek, einen mit Karten tapezierten Generalstabsraum, sogar eine Druckerei zur Herstellung einer revolutionären Zeitschrift, die man unterm Volk verteilte, dazu motorisierte Soldaten, die sich in Feldzüge gegen die zaristischen Truppen stürzten, die über das ganze Heilige Russland verstreut waren.

Überall Krieg.

So gut versteckt in diesem Abteil könnte man meinen, ihm entkommen zu sein. Erinnerst du dich, Wlado, als Jeanne uns einander vorstellte, nannte ich dich Prinz Andrei, weil du mich mit deiner so noblen wie zerbrechlichen, deiner selbstsicheren und doch wie eine Weide zwischen Gewalt und Drogen zitternden Erscheinung an Bolkonski erinnertest, wir hatten Zeiten des Kriegs und des Friedens, unsere erste Schlacht, Austerlitz, dann Ruhe, bevor Moskau vor unseren Augen herunterbrannte und wir selbst in Alkohol und Suchtmitteln wie diese winzigen Kerzchen in russischen Kirchen, dazu die umwerfende Gegenwart von Jeanne, Jeanne, die wir aus unseren Männerspielen ausschlossen, bevor wir sie zwischen uns aufrieben, uns als gute russische Adlige im Duell schlugen und verschwanden.

Nischni Nowgorod.

Nischni Nowgorod.

Ich erhebe mein Glas auf Nischni Nowgorod, auf die größte Messe dieses Teils der Welt, zu der im Sommer die Händler aus ganz Russland strömten, aus dem Kaukasus, aus Bagdad, Kitai-Gorod und Cipangu. Keine Ahnung, was man damals dort vorfand, heute jedenfalls erinnere ich mich an das Häuschen von Gorki, ein winziges Holzhüttchen mit einem riesigen Ofen, in dem die Reisigzweige lagen, mit denen seine Eltern ihn geschlagen hatten, mit den Schlitten für den Winter, den Wiegen seiner Brüder und dem Stuhl, in dem seine Großmutter gestickt hatte. Waren wir hergekommen, um die Stadt von Gorki zu sehen, die Wolga, das Hotel, in dem Alexandre Dumas geschlafen hatte, oder die Festung, den roten Kreml mit seinen unwirklichen Zinnen, ich weiß es nicht mehr.

Wladimir zeigte mir Russland, wie man als Prinz einem Fremden die eigenen Ländereien vorführt, und in Nischni Nowgorod, in einem großen, einem riesigen modernen Hotel im Stadtzentrum, tranken wir wie die Kosaken ein Glas mit dreihundert Gramm Wodka ums andere, denn in Russland verkauft man diesen Schnaps nach Gewicht. Das war, bevor Wolodja fast vollständig dem Alkohol abschwor. Ich weiß noch – ich habe mit Jeanne nie darüber gesprochen und ich frage mich, ob er es je getan hat –, damals schleifte er mich in ein Striptease-Lokal neben der Hotelbar mit dem bezeichnenden Namen »Sexophon«, einen dieser Clubs mit nackten Mädchen, von denen es in Russland nur so wimmelt, wir waren die einzigen Gäste und saßen auf Kunstledersesseln vor einer Bühne, auf der sich nur eine aufrechte Stange, ein Kasernenrequisit, befand, und man hatte den Eindruck, gleich würde ein behelmter Feuerwehrmann aus der ersten Etage herunterrutschen, um einen mit uns zu heben. Die Musik ließ unsere Gläser vibrieren, das erste Mädchen kam heraus, in einem weißen Negligé, perlenbestückten Dessous und mit so unendlich hohen Absätzen wie unendlich langen Beinen, sie umfasste die

Metallstange, zog sich rhythmisch fast bis zur Decke hoch, nahm die Stange zwischen die Beine und ließ sich langsam darumgeschlungen und -gerollt herabgleiten, rieb sich dabei und umkoste mit ihren Brüsten und Schenkeln das Metall. Unten angekommen zog sie sich mit einem Handgriff das Negligé vom Leib, sie hatte ziemlich hochsitzende, eher kleine Brüste, und ich dachte sofort an Jeanne, das weiß ich noch, und ich schämte mich und trank mein Glas darum ex. Wladimir klatschte Beifall, das Mädchen machte einen Seitspagat, ihre Schamlippen quollen über ihren String, die Musik gab ihren raupenartigen Bewegungen auf dem Boden den Rhythmus vor, und nachdem sie sich ihren Slip heruntergerissen und ihn Wolodja zugeworfen hatte, der ihn in der Luft auffing, der Dreckskerl war immer noch nicht blau, er machte es wie im Film, tat so, als schnuppere er am Stoff, bevor er lachend sein Glas leerte, das war nicht mehr Prinz Andrei, sondern Pierre während seiner Petersburger Eskapaden, man rechnete jeden Moment damit, dass er aufstehen und zu tanzen beginnen oder den Polizeichef von Nischni auf den Rücken eines Bären binden und ihn schwimmend über die Wolga schicken würde, stand sie plötzlich auf.

Das jetzt vollkommen nackte Mädchen drückte ihre rasierte Scham an die Metallstange, dann zog sie sich wieder hinauf, zeigte uns in langsamen Schaukelbewegungen ihren Hintern, und wie sie so da oben hing, hätte man sie auch für einen kahlen, kranken, an einen regenglänzenden Ast geklammerten Affen halten können, dann ließ sie sich plötzlich wieder hinabgleiten und landete in einer katzen- oder hundeartigen Vierfüßlerstellung auf dem Boden.

Die Vorstellung war beendet.

Die Tänzerin stand auf und verließ nackt die Bühne, während ein anderes Mädchen, das von irgendwoher aufgetaucht war, ihren Platz an der Metallstange einnahm. Die erste Striptease-Tänzerin begann, um uns herumzuscharwenzeln. Ihr geschminktes Gesicht, ihre rasierte Scham und ihre langen blonden Haare machten sie zu einer verstörenden Erscheinung, einem Sukkubus oder Engel. Wolodja klatschte ihr mit königlicher Miene auf den Po. Das zweite Mädchen beendete ihre Nummer, ich hatte ihr nicht einmal zugesehen. Sie war brünett, hatte größere Brüste und athletische Beine und streifte ebenfalls um uns herum, dann kam eine dritte, dann eine vierte und eine fünfte, sie drangen aus einer winzigen Loge neben der Bar, und ich fragte mich, wie viele dort wohl noch warten mochten, zehn, zwanzig, dreißig, oder waren es stets dieselben, die sich immer wieder umzogen, keine Ahnung. Wir leerten unsere Gläser im selben Rhythmus: eins pro Mädchen, und ich verspürte plötzlich eine unermessliche Traurigkeit, warum weiß ich nicht, vielleicht, weil ich unfähig war, Begehren für sie zu empfinden, weil ich gern Wolodja gewesen wäre, ein frivoler Prinz, der imstande war, nackten Frauen freundlich, schamfrei und ohne Gewissensbisse auf den Hintern zu klatschen, sie auf seinen Schoß einzuladen und mit Kniffen in die Brüste zum Quieken zu bringen, während sie mir nur eine ungeheure Melancholie einflößten. Prinz Andrei im Bordell. Und in unserer wildtobenden Freundschaft, in dieser denkwürdigen Durchquerung Russlands von Ost nach West ohne Jeanne, die an unseren Bacchanalen nicht teilnehmen wollte, weil sie lieber zu Hause an der Metro Frunzenskaja blieb. Unser aller Zuhause während der zwölf Monate, die wir zu dritt zusammenwohnten, in unserer heißhungrigen Freundschaft verpasster Liebe, im Wahnsinn dieser zwölf Monate, bis ich beschloss, nach Frankreich zurückzukehren, weil man in Moskau nicht mehr so viel billiges Heroin und Opium fand, weil das Zusammenwohnen schwierig wurde und weil Jeanne – tatsächlich weiß ich es nicht, solche Sachen weiß man nie – mich nicht mehr liebte. Ich war drogensüchtig, müde und verlassen, Wladimir hatte aufgehört zu trinken, also ging ich fort.

Beide hatten es geschafft, mir in einem Jahr auf Russisch ein Dutzend Wörter, die Zahlen und sogar zwei Verse von Jessenin beizubringen, die Wolodja bei jeder Gelegenheit zitierte, wenn er betrunken war, Verse, die in etwa lauteten: »Nie bin ich am Bosporus gewesen, darum frag mich danach nicht / Das Meer sah ich in deinen Augen, ein loderndblaues Feuerslicht« oder so ähnlich, und auch ich habe sie monatelang aufgesagt, genau wie das Gedicht von Mandelstam, das Jeanne mir ins Ohr flüsterte, wenn wir zugedröhnt waren, ein echter akustischer Glücksbringer, eine Zuflucht, ich denke jetzt daran, während der Zug in den Bahnhof einfährt, und ich würde gern Jeannes Stimme in mein Ohr murmeln hören: »Du bist noch nicht tot, noch bist du nicht allein«, еще не умер ты, еще ты не один, und mein Herz wird geschüttelt wie der Waggon gegen den Bahnsteig von Nischni Nowgorod.

Perm

Ich habe geschlafen.

Ich bin mit dem Glas in der Hand eingeschlafen, zumindest fast.

Es ist hell draußen, es dürfte nicht mehr lange dauern und wir sind in Perm. Ich habe kaum die Hälfte der Strecke hinter mir. In der Sonne immer noch das Weiß der Birken, die Tümpel, die Teiche, die Ströme russischen Lebens. Vor Wladimir war Russland für mich Jeanne – ein fernes, unbekanntes Land, wo Donkosaken mit gezogenen Säbeln losstürmten und kleine mongolische Pferde um goldene Jurten herumstolzierten. Jeanne wollte in Moskau studieren. Also zog sie hin und ließ mich in Paris zurück, erst einige Monate später folgte ich ihr nach. Inzwischen sprach sie Russisch und hatte russische Freunde, ich weiß, dass sie Wladimir während einer Schiffsreise auf der Wolga kennengelernt hat, auf der Höhe von Kasan. Kasan, die Hauptstadt von Tatarstan, muss ein wenig flussabwärts, nicht sehr weit von hier liegen, vom Zug aus sieht man allerdings nichts davon, man überquert Flüsse, durchfährt Wälder, und es ist, als würden einem die Augen über die Stunden mit dem Sandpapier der Landschaft abgeschliffen, was hat mich bloß geritten, allein loszufahren, immerzu höre ich Jeanne, Jeannes Stimme, komm zu mir, wir machen uns einen Tee und legen uns ins Bett, was bin ich für ein Idiot, wir könnten einander umsorgen, ich Jeanne und sie mich, wir könnten uns die Wunden verbinden und im Morgengrauen aneinanderschmiegen, wir könnten uns an den Schultern festhalten und davor bewahren, uns in den Schmerz und in Haken fallen zu lassen, aber nein, ich musste ja fort und halb Russland durchqueren, um in einem gottverlassenen Nest, was weiß ich, eine alte Großmutter oder ein Elternhaus oder eine Kindheit zu finden; Wolodja wollte mir sein Heimatdorf nie zeigen, zu weit und zu gottverlassen, meinte er. Ich stelle mir kleine, buntgestrichene sibirische Holzhäuser mit eingezäunten Gärten mitten im flachen Land vor. Ich erinnere mich, dass Wlado bei unserer Besichtigung des Gorki-Hauses erklärte, bei ihm sähe es ähnlich aus, winzige Zimmer, ein Schuppen, ein Kachelofen; wir hatten

Angst vor dem Feuer, mehr als ein Säufer war bei lebendigem Leib in seiner Hütte verbrannt, weil er vergessen hatte, am Abend die Glut auszuräumen, noch zweitausend Kilometer Zugfahrt und ich bin da, wozu, weiß ich nicht.

Was sucht man mit Ortswechseln, was will man auf Reisen, nichts wird mir Wladimir je zurückbringen, Prinz Bolkonski ist schon vor langer Zeit verschwunden, er erzählte mir entsetzliche Dinge über Russland, grauenhafte Geschichten von Deportation, Haft und Bürgerkrieg, ich erinnere mich an eine, die er in *Die Reiterarmee* von Isaak Babel gelesen hatte: Ein Reiter der Roten Armee kommt in ein ukrainisches Dorf und sucht einen Platz zum Schlafen, er landet in einem Zimmer, das er mit Geflüchteten teilt, einem alten Juden und seiner Tochter. Der Reiter beschließt, sich neben den bereits ruhenden Alten zu legen, und völlig entkräftet fällt er sofort in den Schlaf. Mitten in der Nacht wird er von der jungen Frau geweckt, Sie hatten einen Albtraum, sagt sie, können Sie bitte aufhören, meinen Vater zu treten? Vom mangelnden Widerstand des alten, immer noch reglosen Mannes überrascht dreht der Reiter sich um, schlägt die Decke zurück und entdeckt eine fürchterliche Wunde in der Brust des alten Juden: Am Vorabend wurde er von Weißgardisten mit Säbelhieben massakriert, der Reiter hat neben einer Leiche geschlafen, über die seine Tochter gewacht hat. Voller Entsetzen springt er augenblicklich in seine Stiefel; er springt in die Stiefel, dann auf sein Pferd und sprengt in die Revolution zurück.

Der große rote Christus der Revolution ist immer noch da; überall auf dem Weg sind seine Spuren zu finden, sie sind fühl- und sichtbar; in den Statuen, den Inschriften auf der Vorderfront von Denkmälern, den allerorten hängen gebliebenen roten Sternen, selbst im Gedenken an die Toten, die vom Oktober, vom Bürgerkrieg, den Säuberungen und weiter in den Straßennamen, Tafeln und riesigen Mahnmalen für die Soldaten des Großen Vaterländischen Kriegs. Schwierig, nicht an die Rote Armee zu denken, an gepanzerte Züge, den Mythos und seine Gegenpartei, die Opfer, die Vergessenen, jene, die man bis zum Fluss Amur in Konvois pferchte, bevor man sie auf ein Schiff nach Magadan verlud, ich frage mich, wie ihre Züge ausgesehen haben, eine Woche lang auf den Gleisen, dann sechs Tage auf dem Schiff, sechs höllische Tage eingeschlossen im Frachtraum, am Rand des Erstickens, man erzählt sich grauenhafte Geschichten von diesen

Transporten, diesen Todesfrachtern, irgendwo habe ich gelesen, wie sich ein Schiff mit mehreren Tausend Gefangenen Ende Oktober, als der Frost hereinbrach, in einem Eisberg verkeilte und die Besatzung die Gefangenen zurückließ, sie mitten im Eismeer des Hungers und der Kälte sterben ließ, sechs Monate später barg man das Schiff und die Leichen, es bedurfte eines Trupps von dreißig Gefangenen und einer Woche Arbeit, um all die Leichen von Bord zu heben, man musste sie auseinanderhacken wie gefrorene Fische, einen Haufen von Tausenden von Menschen, die sich sterbend aneinandergeklammert hatten, um sich zu wärmen. Manchmal erreichte man den Gulag auch mit dem Laster, drei Wochen Laster, mindestens drei Wochen Laster, unterwegs sah man von Mücken zerstochen im Schweiß des sibirischen Sommers durch ein vom Staub fast undurchsichtiges Fenster die Lena und Jakutsk, wenn man nicht tagelang im Schlamm steckte, dem tiefen Schlamm, der auf den Regen folgte und in den mehr als ein Transporter mit seinen Insassen hineinstürzte, welche wiederum zu erschöpft waren, um nach einem Ausgang zu suchen. Im Winter waren die Straßen zum Glück unbefahrbar, man musste die Lager im Norden über die vereisten, in Autobahnen verwandelten Flüsse oder an Bord eines Eisbrechers von oben her, von der Gegend nahe der Behringstraße ansteuern, und sicher träumte nicht nur einer kurz davon, zu Fuß über das gefrorene Meer nach Alaska zu flüchten. Schließlich heißt es, dass schon Höhlenmenschen oder weiß Gott welche Urmenschen diesen Weg nahmen, dass sie im Winter von einem Kontinent zum anderen wechselten und sich dabei von Robben und durch ein Eisloch geangelten Fischen ernährten, angeblich angelt man in den sibirischen Seen immer noch so, wer kann je die unendliche Leere dieser trostlosen Weiten begreifen, zweifellos niemand außer denen, die dort im Exil waren, Warlam Schalamow, der Schaufelkünstler, oder Wassili Aksjonow, Sohn der Stadt Kasan, der zu seiner deportierten Mutter zog, die Revolution zermalmte alles, Männer Frauen Frauen Männer selbst Kinder, in uns lagern immer noch Bruchstücke der Revolution, Trümmer eines alten Traums eines nicht recht großgewordenen Jugendlichen, der nicht das Glück hatte, ein Gewehr in der Hand zu halten, um seine Träume zu verteidigen: Mir hat man eher eine Spritze in die Hand gedrückt als eine Knarre oder eine

Bombe, auch ich hätte lieber auf kleinen Pferden die Steppe durchzogen und geschrien: »Kosaken, Kosaken, wollt ihr euch etwa eure Armee zerschlagen lassen?«, wie in *Taras Bulba*, dem gewaltigen Roman von Gogol, dem ersten russischen Roman, den ich gelesen habe, selbst verspätete linksradikale Heldentaten hätte ich den Studentenbuden in Paris und anderswo vorgezogen, die nach Gemeinheit und verlorener Zeit rochen, trotz der umwerfenden Gegenwart von Jeanne, die all das nur mit abwesender Miene überflog. Als ich sie in Paris kennenlernte, waren wir gerade achtzehn, ich war aus meiner Provinz aufgebrochen und hatte den Eindruck, ein Gefängnis verlassen zu haben, aus dem Gulag zurückgekehrt zu sein, aus Magadan oder sonstwoher, und eine Freiheit wiederzuerlangen, die ich in Wirklichkeit nie besessen hatte, außer in den Büchern, in den Büchern, die für einen Jugendlichen sehr viel gefährlicher sind als Waffen, denn sie hatten unmöglich zu befriedigende Wünsche in mich getrieben, Kerouac, Cendrars oder Conrad erfüllten mich mit dem Verlangen nach einem unendlichen Aufbruch, nach unterwegs geschlossenen Freundschaften auf Leben auf Tod und nach verbotenen Substanzen, um uns dorthin zu bringen, um diese außergewöhnlichen Momente unterwegs zu teilen, um in der Welt zu verglühen, wir hatten keine Revolution mehr, uns blieben nur die Illusionen der Reise, des Schreibens und der Drogen.

Ich erinnere mich an das erste Mal, als Jeanne und ich Opium rauchten, einige Monate bevor sie das erste Mal nach Russland fuhr und Wladimir auf der majestätischen Wolga begegnete, ich erinnere mich an die kleine Kugel aus schwarzer Paste, als sei es gestern gewesen, beim Sieden knisterte der Saft leise und verbreitete dichte Schwaden, die nach Weihrauch rochen und einen leicht bitteren Geschmack im Mund hinterließen, bevor sie einem die Augen vernebelten und ein Lächeln ins Gesicht riefen, ich weiß noch, dass wir sehr aufgeregt und ungeschickt waren; Opium zu rauchen hieß, einen Mythos anzurühren oder vielmehr zu inhalieren, einen Mythos, wir waren so gerührt und ungeschickt wie bei unseren ersten Malen Sex, diesem so seltsamen, immer wieder neuen, immer wieder von vorn begonnenen Akt, bei dem jeder Körper so verschieden reagiert, so unglaublich verschieden, bevor die chemischen Substanzen uns die Lust stahlen, bevor Jeanne im Nebel des Nordens verschwand, in Wladimirs Armen, in der Leidenschaft des Studiums der russischen Sprache und Literatur. Der Zug hat Perm hinter sich gelassen, die *Prowodnitsa* ist gekommen und hat einen besorgten Blick in mein Abteil geworfen, sie sieht aus wie eine Pfadfinderleiterin, wie ein Soldat, ein Offizier einer zusammengebrochenen Armee, die Reisenden sind eine liederliche Armee, eine ständig scheiternde, dabei sind wir in dem 1. Klasse-Abteil, das ich allein belege, nicht die Besoffensten oder Stinkendsten, was Wladimir?, wir wissen uns zu benehmen, wir sind auf diskrete Weise trunken, ganz im Gegensatz zu den Russen im Nebenwaggon, die ihre Zeit mit Biertrinken totschlagen, sie betäuben sich, um der Reise zu entkommen, sie trinken achtprozentiges Baltika vom Morgengrauen an, vom Aufwachen an, und weder Nischni Nowgorod noch Perm oder Jekaterinburg werden sie von dieser systematischen Übung abhalten, sie sind Seeleute, nach diesem rollenden, eine Woche andauernden Besäufnis werden sie zur Pazifikflotte in Wladiwostok stoßen, bei jedem Halt sieht man sie wankend und trotz der herbstlichen Polarkälte in kurzen Hosen auf die Gleise stürzen, um ihre Fuselvorräte aufzufüllen, ich denke an die Gefangenen des Gulags Perm 36 ein bisschen weiter nördlich, etwa hundert Kilometer, angeblich gibt es im Umkreis von mehreren Werst nicht einen Baum mehr, denn alle wurden in den Schreinerwerkstätten des Lagers zersägt, um die Baracken zu flicken oder Kisten und Streichhölzer herzustellen, die man danach wieder als Heizmaterial benutzte, denn es gab gar keine Strukturen, um sie zu verkaufen oder zu vertreiben, die Zeks kämpften bis zum Umfallen mit Motorsägen gegen gefrorene Stämme, dann zerhackten sie die Birken und steckten sie schließlich in fürchterliche Maschinen, in denen sie, müde, wie sie waren, oft einen Finger oder eine Hand verloren, was die gelangweilten Wächter nicht sonderlich rührte. Die letzten Feinde der Sowjetunion verließen das Lager 1988, die letzten Sträflinge stellten von Hand eine Art Mehrfachsteckdose her, eine elektrische Verbindung, die man noch immer in ganz Russland benutzt, auch in diesem Zug muss es welche geben, und sobald man in Russland das Licht anschaltet oder einen Samowar in Betrieb nimmt, ist es, als seien ihre Namen da, überall, die Namen der in sowjetischen Konzentrationslagern Gestorbenen. Heute ist Perm 36 ein Gulagmuseum, das einzige in ganz Russland, und es wird natürlich nicht von der Regierung finanziert, sondern von einer Gruppe ehemaliger Häftlinge und von Historikern, die von privaten, zumeist ausländischen Stiftungen unterstützt werden; ich nehme an, dass es Touristen und Gruppen gibt, die begierig nach Spuren des Leids von Generationen von armen Schluckern suchen, 1988 ist nicht lange her, es liegt wirklich nicht sehr weit zurück, die Touristen dürften zufrieden sein, man riecht den fast noch frischen Schweiß, das frische Blut der Internierten, das ist etwas anderes als in Polen in Deutschland in Österreich, wo die Zeit die Baracken sanft gesäubert und die Gesichter, die Toten, den Schmerz in die Ferne gerückt hat, da ist der Abstand groß, doch in Russland … Mit diesem Thema konnte man dich wirklich nerven, was Wladimir, wenn man dich an den Gulag erinnerte, wenn man diese beschämende Episode erwähnte, als habe es nur Dostojewski zugestanden, diese Reise, die große Reise, angetreten zu haben, im Übrigen ist er auf dem Weg zum Omsker Gefängnis hier durchgekommen, du selbst hast mir die *Aufzeichnungen aus einem Totenhaus* zu lesen gegeben, du behauptetest, der französische Titel *Les Souvenirs de la maison des morts*, »Erinnerungen an das Haus der Toten«, sei völlig unpassend, denn es handle sich nicht um Erinnerungen, sondern um Notizen, Hefte, und der russische Titel laute vielmehr »Notizen aus einem toten Haus«, und ich konnte noch so viel einwenden, auf Französisch sei »Erinnerungen an das Haus der Toten« ein wirklich großartiger Titel, es half nichts, und Jeanne stimmte dir zu, sie stimmte dir zu so wie immer, und das brachte uns schließlich zum Lachen, also tranken wir auf Dostojewskis schwache Gesundheit, auf die Literatur und die Deportierten und küssten uns lachend alle drei. Das war, als du noch trankst, mein Alter, und wäre es nicht zehn Uhr morgens, würde ich jetzt ein Glas auf dich heben, aber ich habe eher Lust auf einen Kaffee, also werde ich zum Samowar am Ende des Gangs gehen, um auf gefriergetrocknete Körner, die ich vor der Abfahrt auf dem Bahnsteig erworben habe, heißes Wasser rinnen zu lassen, ich werde dem Aufseherblick der *Prowodnitsa* trotzen, die ständig mutmaßt, dass ich irgendetwas Übles im Schilde führe, weil ich so entzückt die unglaubliche technische Zeichnung studiere, die neben dem Samowar hängt, eine außergewöhnlich präzise Skizze, ein großartiger Plan, auf dem alle Einzelteile, aus denen das doch eher einfache Gerät zusammengesetzt ist, mit ihren Namen in kyrillischer Schrift und ihren Funktionen aufgeführt sind, die Zeichnung macht Lust, das Ding auseinanderzunehmen und die Genauigkeit des Plans zu überprüfen, man findet ähnliche Zeichnungen neben allen Zugeinrichtungen vom Sicherungskasten bis zum Waschbecken, gewiss eine Reminiszenz an die sowjetische Präzision, an die Vorliebe für Systematik, an die sozialistische Leidenschaft für Technik und Fortschritt, und diese Skizzen sind schön wie ein Majakowski-Gedicht, ein visuelles Gedicht zu Ehren des neuen Menschen, des revolutionierten, nach den Zeichnungen und Plänen des revolutionären Schönheitsideals gemachten Menschen.

Weißt du, Wladimir, ich wusste absolut nichts über Russland und die Russen, und wider meinen Willen, wegen dir oder dank dir, ist es eines der Länder geworden, die ich am besten kenne, in dem ich, an deiner Seite, die meisten menschenleeren Orte durchquert habe, mich am meisten in Büchern, Bars, auf Märkten und den endlosen breiten Straßen von Moskau der Schrecklichen herumgetrieben habe, und jetzt werde ich in

Sibirien verloren gehen, in deinem Heimatdorf, was hat dich bloß geritten, Wolodja, welche Seelenkrankheit hat dich hinter deiner ewig guten Laune zerfressen, als wir das letzte Mal telefonierten, warst du es, der mich aufbaute, der mir zu diesem schlechten Roman, den keiner haben wollte und den ich vor meiner Abreise in einen Gully warf, sagte: »Das ist doch sehr gut, wirklich, du bist auf dem richtigen Weg, du wirst sehen, die werden dich anrufen, garantiert«, alter Dreckskerl, wie hast du es eigentlich angestellt, so gut Französisch und Englisch zu sprechen, du hast sogar meinen tristen Erstlingsroman gelesen, und dann kam Jeannes nächtlicher Anruf und nun sitze ich hier und zähle die Birken zwischen Perm und Jekaterinburg, bald kommt der Ural, bald der Ural und dann Asien. Weißt du, Jeanne gebe ich schon lange nichts mehr zu lesen, seit Paris, seit meinen Gedichten für sie. Sie will es nicht mehr. Außer in ihrem Brief von vor ein paar Monaten, da bat sie mich um eine Ausgabe der Zeitschrift, von der ich dir erzählt hatte, vielleicht war sie eifersüchtig auf dich, keine Ahnung. Das alles ist so kompliziert, Wlado, so furchtbar kompliziert, ich hätte mir so gewünscht, dass du nach Paris kommst, hätten wir nur Kohle gehabt, dann wärst du nach Paris gekommen und du wärst noch am Leben. Dieser Kaffee ist wirklich widerlich, aber er ist heiß und stark, und ich habe nichts anderes zu tun, ich habe einen Plastikbecher in der Hand und ganz Russland vor Augen im hin und her schwankenden Kokon des Baikal Express, der mich nach Nowosibirsk bringt. Der Kaffee treibt mir den Geruch von Opium in die Nase, ich habe eine halbe Tablette Rohypnol im Koffer, aber die hebe ich für den Notfall auf, einstweilen gebe ich mich der sanften Droge Erinnerung hin und lasse mich von diesem umherirrenden Zug wiegen, der wie ein Bär auf seinen Schwellen tanzt, Bäume, hochstämmige Bäume, Bäume zum Fällen, *Holzfällen*, *Holzfällen*, rief diese Thomas Bernhard-Figur in ihrem Ohrensessel und verfluchte damit die Schauspieler und die gute Wiener Gesellschaft, nie werde ich so schreiben, Wlado, weißt du, nie, niemals, diese beispiellose, boshafte, bezaubernde Sprache mit ihren bis zur Hypnose reichenden Wiederholungen und ihrer Bösartigkeit, ihrer irren Bosheit, ich war zwanzig, als ich dieses Buch las, Wlad, zwanzig, und ich wurde von einer unglaublichen Energie gepackt, einer zornsprühenden Energie, die in einem Feuerwerk von Traurigkeit explodierte, weil ich wusste, nie würde ich so schreiben können, ich war nicht wahnsinnig genug oder nicht zugedröhnt oder nicht vollgepumpt genug, also suchte ich in allem Möglichen danach, im Wahnsinn, im Alkohol, in den Drogen und später in Russland, das selbst eine Droge und eine Spirituose ist, ich suchte nach der Gewalt, die meinen Worten fehlte, Wlad, in unserer maßlosen Freundschaft, in meinen Gefühlen für Jeanne, in der Leidenschaft für Jeanne, die in deine Arme floh, im schönen Schmerz, sie in deinen Armen zu sehen, in meinem offenbaren Fehlen von Eifersucht, in diesem freudigen Trost, dass du es warst, den sie in den Armen hielt, ich wusste, dass sie das tat, was ich aufgrund meiner Erziehung, aus eigenem Wunsch, wegen des Schicksals oder einfach aus Geschmacksgründen nicht tun konnte, sie nahm den Platz ein, den ich nicht einnehmen konnte, und ich schaute euch zu, ohne euch zu sehen, wie Thomas Bernhard in seinem Ohrensessel, und es war gut so.

Wir haben nie darüber gesprochen, ist dir das bewusst? Wir müssen erst in einem nach Sibirien schaukelnden Zug sitzen, damit das alles aufsteigt, die erste Zeit, Moskau, wie wir uns am Anfang hassten wie zwei Hunde, die dasselbe

Revier teilen müssen, und wie wir dann, wieder wie zwei Hunde, einer hinter dem anderen durch die Stadt streunten, tranken und rauchten und zwielichtige Aserbaidschaner und später Tadschiken suchten, die uns schön schwarzes Opium verkauften, dann je nach geopolitischer Lage an der afghanischen Grenze mehr oder weniger ordentlich braunes Heroin, zu Beginn kam alles aus der Türkei *über* Armenien oder Aserbaidschan, und auf einmal begannen die Tadschiken damit und ein großer, weißer Fluss überflutete Moskau, ein Dope-Fluss von der Breite sibirischer Ströme, dieses Heroin war so rein und so billig, dass viele auf der Strecke blieben, als Opfer der Ekstase, der Überraschung, der Kaufkraft: Kinder, Lehrer, Arme, Reiche, Säufer, die vom Alkohol genug hatten, untätige Studenten, all diese Gottverlassenen sah man in Moskau, der Stadt der tausend Kirchtürme und tausendunddrei Türme, in einer Unterführung in der Nähe der Ljubjanka, dem Sitz des zum FSB gewordenen KGB, dort, wo Berija und Lamadse in Aksjonows Roman ihres Amtes walten, gleich neben ihrem von Finsternis überschatteten Büro traf man auf umherirrende Gespenster auf der Suche nach einer Spritze, denn in Moskau ist es um einiges schwieriger, sich eine Spritze zu besorgen als ein Gramm blasses Pferd, Drogenabhängige sind hier Kriminelle, die man die Freuden eines Provinzknasts kosten schickt: Könnte meine *Prowodnitsa* mit ihren Flintenweiballüren mich hören, würde sie sich bekreuzigen und mich prompt anzeigen, so sehr wird Drogenkonsum als mit dem Kapitalismus hereingebrochenes Kapitalverbrechen betrachtet, als einer der vier apokalyptischen Reiter des Liberalismus, während man in der Sowjetunion seinen Wodka hatte, den heiligen, wasserklaren Wodka, das Eau de Vie, Wasser des Lebens und des Vergessens, wie heißt noch mal vergessen auf Russisch, keine Ahnung, ich erinnere nur die Verse von Mandelstam und die von Jessenin dem Erhängten von Petersburg, ich führe gern auf dem Bosporus, dort, in deinen Augen sah ich das Meer, eine überwältigende blaue Feuersbrunst.

Ich führe gern auf dem Bosporus nach einer Kreuzfahrt auf der Wolga, führe erst flussabwärts bis kurz vor Astrachan am Kaspischen Meer und ließe mich dann von Nebenfluss zu Nebenfluss Richtung Schwarzes Meer und Istanbul weitertreiben, unterwegs sähen wir Kasan und Stalingrad, zwei russische Schlachtfelder, und wir sähen die Insel, auf der sich Iwan der Schreckliche niederließ, bevor er Kasan einnahm und dem Erbkhanat der goldenen Horde ein Ende setzte, Schluss mit der Mongolenherrschaft in Russland, Platz für Weihrauch, Mönche und bärtige Popen. Wie heißt noch diese Insel einige Werst hinter Kasan, wo Iwan seine Armee und seine Priester Quartier beziehen lässt, wo er in zwei Monaten eine ganze Stadt erbauen lässt, bevor er sich in die Eroberung der muslimischen Stadt stürzt, ich kann mich unmöglich erinnern, unmöglich, noch ein russischer Name, der wie andere russische Namen klingt, was wäre passiert, wenn Iwan, nachdem er an Kasans Stadtmauern zunächst zurückgedrängt wurde, nicht so starrsinnig gewesen wäre und nicht beschlossen hätte, den Winter auf diesem Inselchen mitten in der Wolga zu verbringen, Iwan fror sich vier Monate lang in seinem Zobel- oder Mardermantel die Eier ab, ich würde gern dasselbe tun, ich würde gern aus diesem Zug steigen und den Winter in aller Ruhe vorüberziehen lassen, warum nicht sogar in Kasan, auf dieser Insel, deren Namen ich vergessen habe, ruhig zusehen, so wie man aufs Meer schaut, wie die Wolga halb zufriert, wie Eisbrocken aus dem Norden gemächlich den Fluss hinabtreiben – da würde es uns doch beiden gut gehen, Wladimir, mit schwarzen Tschapkas auf dem Schädel dem langsamen Driften der Eisschollen nachschauen, am selben Ort, an dem du Jeanne begegnet bist, was hattet ihr eigentlich auf einem Schiff zu schaffen, das die Wolga hinabfuhr, ich weiß es nicht mehr, es war im Sommer, Jeanne war ohne mich in die Ferien gefahren, vor allem, weil sie versuchen wollte, sich an der Moskauer Universität einzuschreiben, auch wenn sie es mir nicht gesagt hatte. Sie kam zurück und erzählte, sie habe unglaublich tolle Leute getroffen, darunter dich, und ich begann wohl, auf dich, den Russen, eifersüchtig zu sein, du warst Russe und alles, was sie sich immer gewünscht hatte, ein Kosake, der sich auf Literatur versteht, polyglott und gebildet, all das, was ich nicht war. Denn ohne es auszusprechen warf Jeanne mir vor, in Alkohol und Drogen zu versinken, ich sagte jedem, der es hören wollte, ich würde Schriftsteller werden, ich las immer wieder dieselben Bücher, Kerouac, Cendrars und Carver, ich schrieb Liebesgedichte und wartete auf Inspiration, während ich in der kleinen Einzimmerwohnung herumlag, die wir uns in einer der finstersten Gegenden im Norden des 18ten in der Nähe der Porte de Clignancourt teilten – wenigstens musste man nicht weit gehen, um sich mit diversen Rauschmitteln einzudecken, und wir zahlten keine Miete mehr, seit das Gebäude von der Stadtverwaltung als gesundheitsschädlich eingestuft worden war, wir warteten, dass der Besitzer die notwendigen Arbeiten ausführte, was er aber nie tat, ich bin vor Kurzem wieder einmal daran vorbeigekommen, die Fenster waren zugemauert und es hing eine Abrissgenehmigung für den ganzen Häuserblock aus, die Dinge gehen vorüber, nur vier Jahre sind vergangen und ich habe den Eindruck, seitdem tausend Leben gelebt und alle Züge dazu gebracht zu haben, mir bis ans Ende der Welt hinterherzurollen.

In diesem Jahr verkündete mir Jeanne, sie habe ein Auslandsstipendium erhalten, sie habe es geschafft, sich an der Universität von Moskau einzuschreiben, und würde Anfang Oktober für mindestens ein Jahr fortgehen. Ich wollte klug sein und sagte dazu nichts, ich erinnere mich, dass ich antwortete: Super, das ist eine echte Chance, und davon war ich tatsächlich überzeugt, es war eine Chance für sie. Du wirst mich vergessen, sagte ich lachend, und sie lächelte und antwortete mir nicht auf der Stelle, keine Sorge, ein Jahr geht schnell vorüber.

Jeanne ist noch immer in Moskau und lässt sich gerade in einem angesagten Club an Fleischerhaken aufhängen, so hat sie einen Grund mehr für ihre Tränen, so lässt sie ihren Schmerz körperlicher werden, drei Jahre später, das ist schnell dahingesagt. Ein Leben später, ein ganzes Leben später sitze ich hier in diesem Zug, der sich jetzt dahinschleppt, bevor er es mit dem Ural aufnehmen wird, immer noch den Kopf gegen die Trennwand gelehnt mit Blick Richtung Fenster, und dahinter gibt es nichts, gar nichts, die unermessliche russische Weite, die asiatische Weite dieser Hochebenen, dieser trostlosen Berge, in denen man sich nur schwer Leben vorstellen kann, zwischen diesen Lärchen und Birken, dieser Taiga und dem Permafrost, diesem unglaublichen, dauervereisten Boden, in dem immer noch Mammuts und die vergessenen Körper der Deportierten ruhen. *Du bist noch nicht tot, noch bist du nicht allein*, ich denke an Jeanne und an Mandelstam, den armen Mandelstam, der vor Erschöpfung auf dem Weg in die Kolyma starb, noch vor der Ankunft in Wladiwostok, bevor er in einen dieser entsetzlichen Transporte Richtung Norden verladen wurde, der vor der Ankunft seines vollgestopften Güterzugs des Hungers und der Kälte starb, sein Körper liegt irgendwo in einem Massengrab am Rand des Pazifiks, ich hoffe, er hat wenigstens Meerblick, aber ich bezweifle es, er hatte schon fünf Jahre Verbannung nach Tscherdyn im Ural und dann nach Woronesch durchlitten, bevor ihn die Wut des Väterchens der Völker ein weiteres Mal einholte, desjenigen, den er den »Gebirgler im Kreml« genannt hatte, was ihm der kleine größenwahnsinnige und rachsüchtige Georgier nicht vergaß, nie wieder vergaß er die wenig liebenswürdigen Verse des jüdischen, des Kosmopolitismus beschuldigten Dichters, der in Paris und Deutschland studiert hatte und mehrere Fremdsprachen beherrschte. Auch das ist eines der Wunder dieses Landes, noch heute sprechen wenige Russen Englisch oder Französisch oder welche andere Sprache als die von Puschkin auch immer, gewiss, dass sie das Zentrum der Welt sind und bleiben werden, wie am Ende von *Alexander Newski*, dem Film von Eisenstein, in dem man Newski dastehen und nach der vernichtenden Niederlage der teutonischen Ritter in die Kamera starren sieht: Кто к нам с мечом войдёт, от меча и логибнет! На том стоит и стоять будет Русская Земля!, so widersteht das Land der Russen und wird immer widerstehen, es hat den Mongolen widerstanden, den Teutonen, den Polen, Napoleon, Hitler, es hält den Kriegen, Revolutionen, kapitalistischen Wirbelstürmen und Kolonialkriegen stand, es bleibt unter seinem weißen Schneemantel unversehrt, es brennt unter der Sommerhitze nicht vollständig nieder, es misstraut Fremden immer noch, denn es misstraut auch sich selbst und sucht immerzu im Außen die Bestätigung seiner Größe: Ein Russe fragt einen Ausländer immer, was er von seinem Land hält, welches Bild er davon hat, er erwartet Komplimente, Lobeshymnen, Kommentare und giert nach dem Spiegel seiner selbst im anderen. Sobald Wladimir und ich bei unseren Ausflügen in die Provinz in einer Bar oder einer Bibliothek auf jemanden trafen, der mitbekam, dass ich Franzose war, ließ er Wlad immer als Erstes die Frage übersetzen: »Und was halten Sie von Russland?«, ob in Kasan, Samara, Twer oder Smolensk, es waren immer dieselben besorgten Fragen, und ich antwortete jedes Mal: »Was für ein großes Land« und überließ es Wladimir, den Doppelsinn zu übersetzen, das Heilige Russland ist *indeed* ein großes Land, *konetschno*, selbst wenn es an seinen Rändern von einem Teil seiner Kolonien angenagt wurde, und es steht außer Zweifel, dass die alten, verlorenen Provinzen mit der Zeit, auf friedliche Weise oder auch nicht, nach und nach wieder in den Schoß des Imperiums zurückkehren werden: Zentralasien, die Ukraine, Weißrussland und selbst Georgien werden durch einen Krieg oder ein heiliges Bündnis an es zurückfallen, der Bär aus dem Norden wird sie alle umarmen, dem größten Land der Welt widersteht man nicht, einem Land, in dem man 9 000 Kilometer zurücklegen kann, ohne seinen Arsch aus seinem rumpelnden Abteil zu bewegen, sowjetisch umsorgt von einer *Prowodnitsa*, die, wo auch immer sie sich befindet, nach Moskauer Zeit lebt.

Lieber Mathias,

Entschuldige, dass ich dir nicht früher geschrieben habe, das bedeutet nicht, dass ich nicht an dich gedacht habe, ganz im Gegenteil. Ich hatte nur nichts Besonderes zu erzählen. Der Winter hier ist sehr plötzlich gekommen und jetzt sind wir schon mittendrin, die Moskwa ist schon zugefroren. Manchmal gehe ich im Park Schlittschuhlaufen, allein, du fehlst mir halt. Erinnerst du dich noch an die Eisbahn auf dem Roten Platz?

Von Wladimir habe ich erfahren, dass eine erste Erzählung von dir in einer Zeitschrift erschienen ist, du bist bestimmt sehr glücklich darüber. Vielleicht kannst du mir eine Ausgabe schicken?

Oft stelle ich mir vor, wie es jetzt in Paris ist, die Schaufenster mit der Weihnachtsdekoration, die Lichter, die Cafés, dann werde ich ein bisschen wehmütig.

Seit drei Monaten habe ich nichts mehr genommen, nicht einmal Medikamente. Manchmal ist es etwas hart, vor allem abends, wenn es dunkel wird und Wolodja nicht da ist. Dann gehe ich raus und drehe eine Runde in der Kälte und es geht vorbei. Ich glaube, ich werde durchhalten. Und du? Wie steht es bei dir damit?

Ich habe einen Job als Platzanweiserin gefunden, er bringt nicht viel ein, aber so bin ich drei Abende die Woche im Theater. Moskau ist immer noch schrecklich und schön zugleich. Ich mache mit meinen Kursen weiter, dieses verdammte Russisch, ich habe das Gefühl, ich werde diese Sprache nie wirklich beherrschen. Ich habe ein ganzes Seminar über Tschechow gemacht und eine Geschichte gefunden, die dir sehr gefallen würde, über einen Luftikus, der die Schraubenmuttern einer Lokomotive klaut und sie als Senkblei zum Angeln benutzt.

Wladimir geht es nicht besonders, ich glaube, du fehlst ihm sehr. Er hat sehr trübsinnige Phasen, dann kommt er manchmal eine Woche lang nicht nach Hause, und wenn er zurückkommt, sinkt er zusammen und schläft drei Tage lang durch. Ich bin nicht wirklich besorgt, aber trotzdem, es ist nicht die angenehmste Art von Zusammensein.

Aber ich schreibe dir nicht, um dir von ihm zu erzählen, ich weiß ja, dass du ihn öfter am Telefon hast. Ich wollte dir nur sagen, dass ich an dich denke, dass ich versuche, mir dein Leben in Paris vorzustellen. Ich bereue es, dich zum Fortgehen getrieben zu haben. Es ist egoistisch, aber ich habe Lust, dich in meiner Nähe zu haben und dich in den Armen zu halten, dich zu küssen, von dir gestreichelt zu werden und abends Geschichten vorgelesen zu bekommen, wie früher. Ich verstehe, dass du nichts von dir hören lässt. Ich schwöre dir, wenn ich Geld hätte, würde ich dich auf der Stelle besuchen kommen.

Oft denke ich an die Nacht, als du fort bist, ich sehe uns im Halbschatten, wie wir uns küssen und stundenlang streicheln, ohne wirklich miteinander zu schlafen, als wollten wir für den langen Winter der Trennung Zärtlichkeit einlagern. Ich erinnere mich an deine Lippen auf meinen, an deine Hände auf meiner Haut, an deine Finger, die meine Schenkel entlangfahren, und an meine Traurigkeit bei deiner Abreise. Unser Schweigen auf dem Bahnsteig, deine Augen beim Anfahren des Zugs. Du hast mir durch die Fensterscheibe einen Kuss zugeblasen und ich hätte fast geheult.

Na ja, ich höre besser hier auf, der Brief ist zu traurig.

Pass gut auf dich auf,
Jeanne.

Sankt Petersburg

Ich weiß, dass du dich an Petersburg erinnerst, Wladimir, dass du dich so genau daran erinnerst wie Jeanne und auch ich, an die Stadt Peters des Großen an der Mündung der Newa, die mir vorkam wie der Hohe Norden, es war Ende Dezember, ich war gerade erst in Russland angekommen. In Moskau hatte Jeanne uns einander vorgestellt und ich dich voller Argwohn angeschaut, so wie auch du mich misstrauisch beäugt hast, Wladimir, ein sehr guter Freund, hatte sie gesagt, wir nennen ihn Wolodja, wir gaben uns die Hand, ohne zu wissen, was wir mit diesem Gruß besiegelten. Wolodja ist ein großer Literaturkenner, sagte Jeanne, das schüchterte mich noch mehr ein. Er promoviert mit mir, erklärte sie weiter. Du lächeltest mich mit einem Hauch von Ironie an, zumindest glaubte ich das. Ich lernte das rote Fleisch von Moskau kennen, Jeannes kleine Wohnung am Rand des in diesem Spätherbst völlig verschlammten Parks; es war gar nicht so kalt, aber es schneite, und der Eisregen überzog die Stadt mit einer Schmutzdecke. Ich klammerte mich an Jeannes Arm wie ein Kind, das sich fürchtet, vor der lärmenden Größe der Stadt und der in Autobahnen verwandelten Straßen, die gedemütigte Fußgänger durch Unterführungen passieren müssen, vor den endlosen Zeilen von Betonblöcken, die mir alle gleich erschienen, vor kleinen Türen unter Betonportalen, Hunderten von kleinen Türen und Portalen aus Beton, die ein Treppenhaus abschirmten, wo immer eine kranke oder schüchterne Neonröhre flackerte, die nur zögerlich wirklich beleuchtete, was diese Winkel voller Kohlgeruch, der dort wahrscheinlich seit dem letzten Winter hing, an Melancholie für mich verborgen hielten – all das bildete einen unglaublichen Gegensatz zum glitzernden Zentrum, zu den glänzenden Boutiquen am Arbat, zu den alten sowjetischen Kaufhallen, die in eine noch luxuriösere Version als die Galeries Lafayette oder die Supermärkte von Bon Marché verwandelt worden waren und vor denen riesige schwarze Wagen mit Allradantrieb und getönten Scheiben herumfuhren, aus denen unendlich lange Blondinen in Pelzmänteln ausstiegen oder vielmehr herausglitten, die auf so dünnen Absätzen thronten, dass man jeden Moment glauben konnte, sie würden den Straßenbelag durchbohren und darin versinken, in den Tiefen der Stadt versinken, doch die Stadt wehrte sich nicht, sie beklagte sich nicht darüber, wie eine Voodoopuppe aufgespießt zu werden, ganz im Gegenteil, diese Hauptstadt träumte davon, ein Kanalarbeiter zu sein, um von den Schächten aus einen Blick unter die so kurzen Röcke der Peinigerinnen von Straßenpflaster und Lust werfen zu können, die im nächsten Moment Tausende von Rubel für importierte Spitze im golddurchwirkten GUM verjubeln würden, dessen Lichterketten noch mehr funkelten als der Kreml, noch mehr als die Basilius-Kathedrale, noch mehr als der düstere Bunker des Lenin-Mausoleums, nein, sein berühmter Bewohner beklagte sich wohl nicht, sondern genehmigte sich beim Vorüberziehen dieser Bataillone von schwarzseidenen Beinen, die den Platz überquerten und das Stiefelgetrappel aus früheren Zeiten abgelöst hatten, eher von Zeit zu Zeit eine wächserne Erektion. Die Moskauer Schönheit hatte ihre Seidenstrümpfe wiedergefunden, Cyd Charisse hatte sich die Haare blond gefärbt und für Fred Astaire nur Verachtung übrig, sie stolzierte lieber am Arm von eleganten Russen einher, die allesamt wie steinreiche Geldsäcke aussahen. Unser Viertel dagegen war völlig anders, es klemmte zwischen einer riesigen Turnhalle und der Autobahn des dritten Rings, третье кольцо, denn in Moskau gibt es wie bei Dante Kreise, Ringe, Gürtel von stehenden Autos, einen Lavastrom von Karossen, deren Rücklichter unablässig im hereinbrechenden Abend fließen. Nach meiner Erinnerung ist der dritte Höllenkreis bei Dante für die reserviert, die der Völlerei frönen; diese Fresssäcke wären bei uns gehörig gezüchtigt worden, was Wladimir, erinnerst du dich, wir aßen im Grunde nichts oder fast nichts, höchstens Dosenfisch namens Sprats mit ein paar Crackern an Schlemmertagen. Etwa einmal die Woche gingen wir in ein großartiges russisches Fastfood-Restaurant namens *Mu-Mu*, wo wir genüsslich Rübensuppen oder Kohlsalate verschlangen. Der Laden war wie eine russische Holzhütte mit schweren Holztischen und -stühlen eingerichtet und wie Kantinen oder Supermarktcafeterias organisiert, wo sich jeder mit einem Plastiktablett die Speisen selbst auswählt; wir schlenderten an den angebotenen Gerichten vorbei, manchmal auch mehrmals – zur Überraschung der Kassiererin, die verständnislos auf unsere leeren Tabletts starrte –, und stellten uns, zugedröhnt, wie wir waren, immer wieder am Anfang der Schlange an, wir hatten absolut keinen Hunger und waren vor allem aus Jux dort, am Ende der dritten oder vierten Runde, wenn wir durch die Drogen hindurch endlich die immer düstereren Blicke der Angestellten bemerkten, nahmen wir für ein paar Rubel hier einen Borschtsch, da einen Oliviersalat, dort gratinierte Champignons und zu allem eine Preiselbeersoße, in deren Farbe, ein kräftiges Rot, ich ganz vernarrt war, genau wie in ihre russische Bezeichnung, *mors*, das französische Wort für Walross, ein auf dem Eis kriechendes, beinloses Vieh mit Stoßzähnen und Schnurrbart, eine Kreatur, die an die Beatles, vor allem an Ringo Starr erinnerte, von dem sich dieser Eisschollenbewohner wahrscheinlich den Schnauzer abgeguckt hatte. Das Logo von *Mu-Mu* war eine schwarzweiße Kuhfellimitation; ich dachte mir, dass *Mu-Mu* übersetzt wohl Muh-Muh hieß, und im Wechsel von einem Tier zum anderen, vom Walross zum Rindvieh, war das Ganze außerordentlich popartmäßig, irgendetwas zwischen Warhol und den Beatles, und das löste in uns in unserer

Rauschwolke Lachsalven aus; wenn wir Hunger hatten, brachen wir in Gelächter aus und machten Kühe nach, wir sangen *I am the walrus, kukukechoo* und gingen ins *Mu-Mu* vor der Turnhalle an der Ecke der Metrostation; das alles erscheint mir heute lächerlich und fast beschämend. Dass du die Beatles kanntest, fand ich unglaublich, doch du antwortetest bloß: Nicht einer von uns war überhaupt nur *geboren*, als die Beatles sich trennten. Und Jeanne wurde fast erst nach dem Mord an Lennon geboren, fügte ich lachend hinzu. Jeanne wurde nicht gern daran erinnert, dass sie die Jüngste war, und sah mich scharf an, und das brachte wiederum dich zum Lachen. Es herrschte eine ausgehungerte Rohheit in Moskau, auch wenn das Sowjetsystem schon vor einer ganzen Zeit untergegangen war und die Russische Föderation bereits in die Pubertät kam – heute ist sie eine erwachsene junge Frau, die mit allen Wassern gewaschen ist, selbst mit dem Krieg.

Weißt du noch, die erste Woche in Moskau wagte ich mich kaum allein hinaus. Die Metro war eine Katakombe mit endlosen Rolltreppen und Kronleuchtern und so tief, dass man kaum eine Chance hatte, jemals wieder herauszugelangen, und wenn, dann in einen Helden der Sowjetunion verwandelt, in einen der Bergwerker oder Stahlarbeiter, deren ruhmreiche Porträts die Gänge zierten: Auf den Fresken dieser Krypta der Moderne trug der Christus Pantokrator einen Helm und eine Spitzhacke in der Hand; am Anfang waren die Bezeichnungen in kyrillischer Schrift für mich so verständlich wie Keilschriftzeichen, und die Stimmen, das Getrappel der Menge, das Schlurfen von Schuhen, das Rascheln von Stoffen, die noch unterirdischeren Töne, die aus den Lautsprechern drangen, um die Haltestellen anzukündigen, und das Kreischen der langen Metalltiere, die durch die Tunnel krochen und mit all ihren Bremsen fauchten, gossen mir Angst ins

Ohr wie siedendes Öl. Ich erinnere mich noch an das erste Mal, als ich gezwungen war, allein dort hinunterzusteigen, um euch, Jeanne und dich, irgendwo zu treffen: Vom Strom der Moskauer fortgezogen umklammerte ich das Griffband der Rolltreppe und schaute entsetzt und verstört in den Abgrund, zu meiner Linken ergoss sich ein Bach von gehetzten Leuten, ein Wasserfall von Anoraks und Mützen, Стойте справа, Проходите слева, ich weiß nicht mehr, welchen Alkohol oder welche Droge ich genommen hatte, aber ich schwitzte leicht und starrte auf die erste mechanische Treppe, dann auf eine zweite, als würde dieser Abstieg nie enden, als müssten wir den Rest unserer Existenz damit verbringen, in Gesellschaft anderer Höhlenbewohner und einzig mit dem Hinweis Стойте справа, Проходите слева, rechts stehen, links gehen, abwärts zu fahren, bis ans Ende aller Tage, und ich dachte *Hell is a city much like London / there are all sorts of people undone / and there's little or no fun done*, Shelleys Verse kreisten in meiner von irgendeinem Rauschgift verwirrten Seele, und als ich endlich auf dem Bahnsteig stand, musste ich eine Richtung wählen, eine Seite, einen Zug: Die kyrillischen Buchstaben, die ich mir mühsam eingeprägt hatte, waren verloren, verschwunden und hatten denen von Стойте справа, Проходите слева Platz gemacht, die vor meinen Augen tanzten; inmitten dieser Gespenster war ich hilflos, wohin sollte ich mich wenden, wenn ich vor dem Hinweisschild stehenblieb, um Klarheit zu gewinnen, wurde ich weitergeschubst, ich störte, es war unmöglich, die Nase vor den mit unlesbaren blauen Buchstaben bestückten Schildern in die Höhe zu recken und irgendetwas zu entziffern. Die Chancen standen fünfzig zu fünfzig, eine fünfzigprozentige Chance, das ist doch viel, dachte ich, alle Welt würde Lotto spielen, wenn die Gewinnchance fünfzig Prozent wäre, also stieg ich in den Zug links, der gerade einfuhr, mit Ellbogen drängte ich mich ungeheuer verängstigt, ungeheuer betrunken oder weiß Gott was ins Innere des Wagens, in die Nähe des nutzlosen Fahrplans, zählte in der Menge die Haltestellen an den Fingern ab und sagte mir: Diese idiotischen Junkies haben nicht einmal ein Handy dabei, du aus Überzeugung und Jeanne aus Nachlässigkeit, weil sie den sowjetischen Festnetzanschluss der Nachbarin mitbenutzte und sowieso niemanden anrief, und ich sage dir, ich sah mich wirklich schon tagelang Moskau auf der Ringlinie umkreisen und zwanzig Jahre später tot und verschrumpelt in meinem Kaftan mit der Kapuze über den Augen, immer noch im Stehen und von der Menge aufrechtgehalten wiedergefunden werden, dieser Menschenmasse, die nie abnimmt, denn in der Moskauer U-Bahn gibt es keine Stoßzeiten, sondern nur eine ständig tosende Brandung. Ich habe keine Ahnung, wie es mir gelang, an der richtigen Station auszusteigen; vielleicht hatten meine Augen, ohne dass ich mich daran erinnere, die Gestalt genau dieser Buchstaben gespeichert, wer weiß, jedenfalls bin ich ausgestiegen, habe die gewaltigen Rolltreppen in die andere Richtung, hin zum Licht genommen und habe euch gefunden, ihr wartetet brav am Ausgang. Am Ende fressen die Städte uns doch nicht. Sie schlingen uns nicht in ihre Gedärme hinunter wie Jonas, lassen uns nicht im Zwielicht endloser unterirdischer Netze verschwinden, sondern sie verwandeln uns; sie bewohnen uns, nicht wir sie, sie verändern unseren Gang, geben unseren Schritten den Rhythmus vor, lenken unsere Aussprache und unsere intimsten Gewohnheiten. Man ist wohl nur auf dem Land wirklich man selbst, zwischen Kühen oder in einer Klosterzelle beziehungsweise dem Abteil eines Zugs zwischen zwei Bahnhöfen, die Augen von Schneeflocken besänftigt, die zwischen Perm und Jekaterinburg zu fallen beginnen und mich an das Weiß des unbefleckten Petersburg erinnern, einer ganz anderen Stadt als Moskau, vielleicht hatte Jeanne meine Moskauer Not wahrgenommen und ihr hattet deshalb beschlossen, mir Leningrad, die Europäerin, zu zeigen, das Juwel der Zaren und der Revolutionäre.

Wir beäugten uns beide immer noch voller Misstrauen. Oder vor allem ich. Es schneite drei Tage lang durch. Weiße Wogen verstopften die Gehsteige, die Newa war mit Eisschollen gespickt. Wir schliefen halb illegal in einem Studentenwohnheim, in einem großen Zimmer mit einem Doppel- und einem Beistellbett, es gab weder Laken noch Decken, aber das war uns egal, es war zum Ersticken heiß, also mussten wir, trotz der Kälte und des Schnees draußen, ab und an das Fenster öffnen, um frische Luft hereinzulassen, wir liefen stundenlang durch die Stadt, an vereisten Flüssen entlang, an bunte Palais gepresst, von denen Eiszapfen herunterhingen, die Akrobaten zum Schutz der Passanten von den Balkonen aus abschlugen und so kiloweise Eis oder Schnee auf den Gehweg stürzen und mit einem Weltuntergangskrachen zerbersten ließen, stundenlang liefen wir den endlosen Newski-Prospekt ab, vom Moskauer Bahnhof bis zur Admiralität und dann den Winterpalast entlang, wir überquerten die Newa, und wenn wir nicht zu kaputt waren, gingen wir bis zur Peter-und-Paul-Festung und einmal sogar bis zum Panzerkreuzer *Aurora*, der aussah, als stecke er seit 1918 im Eis fest, und es war eigenartig sich vorzustellen, dass die ersten Kanonenschüsse der Revolution tatsächlich genau von diesem Schiff aus abgefeuert worden waren, von diesem dampfbetriebenen Kreuzer mit seinen beiden Schornsteinen, die hoch waren wie Masten und bläulich im sanften Winterlicht schwebten – die Sonne schien nie wirklich durchzudringen und überhaupt nie wirklich aufzugehen und nachts war die Eremitage von tausend grünlichen Lichtern erleuchtet. Auf dem Weg trafen wir immer auf Schriftsteller: die letzte Wohnung von Dostojewski, die von Anna Achmatowa, das Haus von Nabokov in der Nähe der Isaakskathedrale oder das Hotel Angleterre, in dem Jessenin gestorben war, und die Spuren dieser Genies machten mich ein wenig schwermütig, alles war weiß, vom Schnee verschluckt, und es war kaum vorstellbar, dass es im Frühling Insekten und Leben in diesen Parks geben würde, Schmetterlinge für Nabokov, den Insektenliebhaber, Schiffe auf der Newa, Verliebte auf der Holzbrücke. Jeanne freute sich, dass ich begeistert war, und du auch; du fandst Vergnügen daran, uns die Stadt Peters des Großen zu zeigen, diese barocke Schönheit am Finnischen Meerbusen, und erzähltest uns Geschichten, von Katharina der Großen und ihren Liebhabern oder von Puschkins Los, der von seinen Gegnern »Geschichtsschreiber des Ordens betrogener Ehemänner« tituliert worden war und sich daraufhin gezwungen sah, denjenigen zum Duell zu fordern, der nach einem fatalen Pistolenschuss am Ufer des Schwarzen Flusses sein Mörder werden sollte.

Wenn ich mich an Petersburg erinnere, dann vor allem wegen eines Abends, ich bin mir sicher, dass auch Jeanne sich daran erinnert, wir aßen in einem Schnellrestaurant zu Abend und tranken nicht wenig, dann gingen wir alle drei Arm in Arm wieder in die Kälte hinaus; wir kauften zwei Flaschen Wodka (ich erinnere mich, Wladimir hatte eine Plastiktüte mit Schnee gefüllt, um sie auf dem Weg zu kühlen, und es wirkte, als lege er vorsichtig zwei schlafende Küken in ein Nest aus Eis, um sie beim Transport nicht aufzuwecken) und begannen zu zechen und über die Geschichte Russlands zu schwadronieren, über Petersburg und all seine Zaren, deren Thronsaal wir in der Eremitage gesehen hatten, über Kutusow und die Offiziere von 1812 in der Militärgalerie, und ich fühlte mich wohl, seltsam wohl, der Wodka war kühl und behielt auf der Fensterbank des halbgeöffneten Fensters seine Temperatur, wir rauchten, tranken, lachten, und Wolodja erschien mir überhaupt nicht mehr unsympathisch, im Gegenteil, er hatte mich verführt mit seinen Geschichten, seinem Humor, seiner Bildung, seiner Intelligenz und seiner bäuerlichen Säuferrübe, wir lachten immer lauter, ich glaube wir waren inzwischen völlig zu, vor allem Jeanne, die sich plötzlich Wladimir näherte und ihm sagte, ich werde dich russisch küssen, ich weiß nicht mehr, auf welche Bemerkung hin, vielleicht, nachdem wir von diesem russischen Brauch des Bruderkusses gesprochen hatten, den Peter der Große aus Hygienegründen zu verbieten versucht hatte, Jeanne beugte sich über Wladimir und küsste ihn, ich glaube, ich lachte, ich glaube mich zu erinnern, dass wir alle lachten, dann setzte sie sich wieder und wir tranken ein weiteres Glas Schnaps, fünf Minuten später saß Jeanne wieder auf Wlads Schoß und versuchte noch einmal, ihn zu küssen, und ich sagte halb lachend: Jeanne, hör auf mit dem Blödsinn, doch sie machte weiter und Wladimir ließ es schließlich zu, ich sagte: Jeanne, das ist nicht lustig, oder so etwas, nichts half, der Alkohol schien sie aneinanderzukleben wie die Kälte Finger an Metall anfrieren lässt. Eine Sekunde lang dachte ich an das Duell von Puschkin, den

Geschichtsschreiber des Ordens der Gehörnten, doch ich hatte diese Art von Mut nicht, ich war völlig hilflos, Jeanne lag halb auf Wladimir, der schwach protestierte, ich murmelte irgendetwas Dummes, das sie sicher nicht hörte, wie: Jeanne, komm zu dir, dann ging ich hinaus. Ich stürzte die Treppen hinunter und fand mich draußen wieder, es schneite heftig; ich setzte mich auf ein verschneites Mäuerchen und schaute auf den völlig weißen Park des Studentenwohnheims, auf formlose Statuen und riesige Flockenhaufen; ich schämte mich, ich fühlte mich bescheuert und traurig. Ich rauchte eine Kippe, dann zwei, was sollte ich sonst tun, mir war plötzlich sehr kalt und ich begann zu schlottern; ich zögerte einen Moment, dann beschloss ich, es sei keine gute Idee zu erfrieren, und ich stieg wieder hinauf.

Das Licht im Zimmer war ausgeschaltet, Wladimir schnarchte auf dem Rücken liegend in dem kleinen Bett.

Jeanne schlief ebenfalls, und als ich mich ganz eng an sie schmiegte, wachte sie von meinen eiskalten Händen auf ihren Schultern nicht einmal auf.

Jekaterinburg

Kurz vor Jeannes Abreise nach Moskau, als ich im 18. Arrondissement herumstreunte und das bisschen Kohle, das ich hatte, für Psychopharmaka aller Art verpulverte, ohne dass daraus irgendetwas anderes resultierte als weiße Seiten, beschloss ich, mit Jeanne nach Lissabon zu fahren. Frag mich nicht warum und warum Lissabon, vielleicht, weil es am Atlantik lag, es war der Traum vom Atlantik und dahinter von Amerika, das Gegenteil von Moskau und Wladiwostok und der russischen Unermesslichkeit, ein winziges Land, die letzte Grenze vor dem Ozean, der südwestliche Rand Europas. Komm, wir verreisen, sagte ich zu Jeanne, wir machen Ferien und verbringen ein bisschen Zeit zu zweit, bevor du abfährst. Sie hatte keine große Lust, Lissabon zog sie nicht besonders an, und sie antwortete »Spar dein Geld lieber auf und besuch mich in Russland«. Ich wusste nicht, ob ich große Lust hatte, nach Russland zu reisen. Du wirst sehen, es wird dir gefallen, wandte sie ein. Ich weiß nicht, ob es mir gefallen hat. Verwirrt hat es mich, das ja, so sehr, dass ich nun in einem Zug sitze, der ins Nichts zuckelt. Schließlich fuhren wir doch nach Lissabon, Jeanne war zerstreut, sie war schon anderswo, dachte sie damals an dich, wusste sie, dass sie dich wiedertreffen würde, ich weiß es nicht. Von Lissabon kannte ich nicht mehr als ein bisschen Pessoa, ein paar Seefahrergeschichten und ein, zwei alte Fados. Ich mochte die trockene Melodie des Portugiesischen. Wir stiegen in einer alten, bröckelnden Pension im Zentrum eines ehemaligen arabischen Viertels namens Alfama ab, Jeanne nannte es le Malfamé, das Verrufene, und war sehr stolz auf ihr Wortspiel. Vom Fenster aus sah man Dächer, Dächer, die sanft zum Tejo hinabfielen. Es war Juni, die Stadt roch nach Sardinen und Kirschen, überall wurde gegrillt, in allen Straßen schwelte der Geruch nach Holzkohle und Sardinen, ölig und stickig, von sieben Uhr abends an drängten sich Hunderte von Lissabonnern um improvisierte Grills, um Tonnen von Fisch zu verschlingen. Jeanne mochte Sardinen nur aus der Dose. Du bist für Russland wie geschaffen, sagte ich. Hör auf, mich zu nerven, antwortete sie. Hör auf, mich zu nerven, du versuchst mir Schuldgefühle einzureden, du willst, dass ich mich schlecht fühle, weil ich fahre. Es ist nicht meine Schuld, wenn du gehst, entgegnete ich. Versuchen wir es wenigstens zu genießen. Also streiften wir ein bisschen verstört und fremdelnd durch die unbekannte Stadt; ich schleppte Jeanne zum Café A Brasileira an der Ecke des Praça Camoes, wo die Pessoa-Statue sitzt. Sie machte gute Miene zum bösen Spiel, versuchte anwesend zu sein, ohne dass es ihr gelang, und wenn wir in unsere stickige Pension zurückkehrten, lehnten wir uns wortlos und ohne uns zu berühren ans Fenster und betrachteten die Lichter auf dem Tejo und ich dachte, ich stoße an eine Mauer, auf der anderen Seite war Amerika, Kerouac, Carver, Amerika, Jeanne ging in die entgegengesetzte Richtung, zu Gogol, zu Tolstoi, und ich ging nirgendwo hin und blieb in Paris hängen. Vor dem Schlafengehen trank ich portugiesischen Cognac namens Aldeia Velha, ich versuchte, zwei, drei Sachen zu schreiben, die nicht gelangen, also kehrte ich ans Fenster zurück, um zu rauchen, und schaute auf das flackernde Lissabon. Jeanne schlief längst. Eines ihrer Beine schaute aus dem Laken heraus, bis hoch zum Schenkel, bis zu ihrem zu kurzen T-Shirt; sie atmete ruhig, das Gesicht von ihren Haaren halb verborgen. Von Zeit zu Zeit flutete eine Brise vom Ozean her durchs Zimmer, und ich hatte den Eindruck, sie zittern zu sehen, es lag eine große Sanftheit in diesem Moment. Ich dachte, ich liebe sie wirklich, und wenn dieser Satz einen Sinn hat, dann genau jetzt, in dieser Stadt, die weder die meine noch die ihre ist, eine von Wehmut zerfressene Stadt. Ich erinnerte mich an etwas, das Jeanne mir am selben Nachmittag erzählt hatte, warum, weiß ich nicht mehr, dass nämlich die russischen Zaren portugiesischen Wein tranken, Wein von den Azoren, sie importierten zu hohen Kosten jenen Vinho do Pico, von dem Jeanne in einem Schaufenster eine Flasche entdeckt hatte, für sie war es gewesen, als habe sie ein Stückchen Winterpalast in Lissabon gefunden, und plötzlich war sie begeistert. Jetzt schläft sie, sicher träumt sie von kleinen braunen Bären oder einer Troika im Schnee, dachte ich.

Ich schaute sie an, wie sie in der atlantischen Luft schlief und zitterte, sie hat Glück, sagte ich mir, mein eigenes Leben ist ziemlich leer, und am nächsten Tag fuhren wir zurück in den Norden.

Der Ural ist ein enttäuschendes Gebirge, sanft abfallende, lärchenbestandene Hügel, in die Flüsse breite Täler gegraben haben, in vier oder fünf Stunden werden wir in Jekaterinburg sein, wie hieß Jekaterinburg noch zu Sowjetzeiten, diese Stadt des Massakers und der Schwerindustrie, die für Ausländer bis 1990 verboten war und die Wladimir uns gezeigt hatte, eine der seltenen Reisen, die wir zu dritt gemacht haben, kurz nach meiner Ankunft in Moskau, nachdem ich oder vielmehr Wolodja endlich meine ewigen Visaprobleme gelöst hatte, indem er zu einer speziellen Agentur für Arbeiter aus dem Ausland gegangen war, die die Einreisebeamten großzügig bestach, von da an nannte er mich den Tadschiken, den Tadschiken oder Usbeken, in Jekaterinburg gab es außer ein paar alten, halbverfallenen konstruktivistischen Gebäuden und dem Ort, wo der Zar und seine Familie umgebracht worden waren, nichts zu sehen, man baute gerade eine riesige

Kathedrale, die ein Wallfahrtsort für ganz Russland werden sollte, genau das, was die Sowjets all die Jahre zu vermeiden versucht hatten. Heute verehrt man dort die heiliggesprochenen Romanows und nicht mehr die Revolutionäre, welche Erstere nach mehr als einem Jahr Gefangenschaft am 17. Juli 1918 erschossen hatten. Eine fürchterliche Geschichte von blutrünstigen Revolutionären: Beim Herannahen der tschechischen Legion gab Lenin aus Angst, der Zar könnte befreit und zu Beginn des Bürgerkriegs zum Anführer der Weißen werden, den Befehl, die gesamte Familie umzubringen, Nikolaus II., die Zarin, die Töchter und Schwestern, den Zarewitsch und alle Bediensteten, die sie begleiteten; man führte sie in den Keller des Hauses, in dem man sie gefangen gehalten hatte, in den Keller mit dem Zaren und seiner Familie, und streckt sie fast augenblicklich nieder, der Pulverdampf ist so stark, dass man die Tür und das Kellerfenster öffnen muss, die Körper brechen unter dem Kugelhagel zusammen, die Schwestern des Zaren schreien vor Schmerz, man gibt ihnen mit dem Bajonett den Rest, der Zarewitsch Alexis ist auf der Stelle tot, er wurde von einer Kugel hinterm Ohr getroffen. Die Großfürstinnen liegen mit offenem Brustkorb da und verströmen Blut und eine Flut von Edelsteinen, Diamanten, Rubinen und Smaragden, die sie in ihren Kleidern versteckt hatten. Dann gingen die Bolschewiken sich die Hände waschen, sie wuschen sich die Hände, entledigten die kaiserlichen Körper ihrer persönlichen Gegenstände und stapelten sie auf einen Laster. Ich denke an den Fahrer dieses Wagens, ich stelle mir einen netten, schnauzbärtigen Revolutionär mit grauem Käppi vor, seine feuchten Hände liegen auf dem Lenkrad, er fährt vorsichtig, er spürt, wie seine traurige Last beim Rumpeln des Fahrzeugs hin und her geworfen wird, er fährt den Herrscher zu seiner letzten Ruhestätte, einem namenlosen Graben vor der Stadt, und er kann ein noch so überzeugter Revolutionär sein, er ist bewegt, er ist bewegt, weil es ein Stück Russland ist, das er in seinem Kipplaster davonfährt, ein bedeutendes Stück Russland, die Nachfahren der ersten Könige von Kiew, der mittelalterlichen Zaren, von Iwan dem Eroberer von Kasan, von Peter dem Reformator und von Katharina der Großen, sie alle liegen da hinter ihm auf diesem Laster und alle sind sie tot, und sie wiegen schwer, so schwer, dass der Wagen auf kaum mehr als dreißig pro Stunde kommt und das Lenkrad zittert, er weiß, dass all das vorbei ist, dass überhaupt alles vorbei ist, dass die große Welle der Revolution die alte Welt zum Einsturz gebracht hat, und trotz seines roten Eifers, trotz der ganzen Kraft seiner Überzeugung ist dem Mann mit dem grauen Käppi ein wenig bang zumute in diesem tristen Morgengrauen, er hat ein wenig Angst vor diesem zerbrechlichen Titan, der auf seinem Weg so leichtfüßig die Geschichte zertritt, also beschleunigt er, er beschleunigt, um zu vergessen und diese ganze Wehmut in ein finsteres, feuchtes Loch zu kippen, bevor man zum Nächsten übergeht und alles zusammen mit den bereits trunkenen Henkern im Alkohol ertränkt.

In Jekaterinburg züchtet man heute, fast ein Jahrhundert später, Glas- und Stahltürme, die Revolutionäre sind achtzig Jahre lang standhaft geblieben, achtzig Jahre hat es gedauert, bis man die kaiserlichen Überreste ausgrub und mit großem Pomp in ihrer Kapelle in Petersburg bestattete, achtzig Jahre, bis man dieses protzige Heiligtum baute, das vor Ikonen strotzt und wo tiefbewegte Frömmlerinnen mit einem Tuch auf dem Kopf eine Kerze für den kleinen Alexis, das ermordete Kind, das Opfer seines adligen Bluts, anzünden. Was verstand dieser Knirps von den tragischen Ereignissen, die ihn wegfegen sollten, was denkt er in dem Moment, da man ihn in den Keller führt, seit einem Jahr ist er schon gefangen, weiß er, dass man über die Liebschaft seiner Mutter und Rasputins lästert, dass man seinen Vater bezichtigt, für den Zusammenbruch und die Armut verantwortlich zu sein, kann er sich denken, dass er in dieser Nacht sterben wird, weil tschechische Soldaten, von denen er keinen blassen Schimmer hat, sich der Stadt nähern und sie einzunehmen drohen, garantiert nicht. Armer Alexis, es ist wirklich traurig: Man musste der Revolution schon sehr zugetan sein, um ihr eine solche Menge von Menschenleben zu vergeben, wirklich sehr.

In Paris, nachdem Jeanne schon nach Moskau aufgebrochen war, dachte ich über die Revolution nicht viel nach, ich lief in der Stadt des großen Galgens und des Richtrads herum und tat nichts anderes, als in verbotenen oder legalen, aber schwer zu beschaffenden Substanzen Vergessen und Genuss zu suchen, von Tag zu Tag abzumagern und keinen Appetit und kein Verlangen mehr zu verspüren, und wenn das Geld knapp wurde, griff ich ersatzweise zu billigem Whisky von unbekannten Marken, jedes Mal einer anderen, ihre irgendwie schottischen Namen klangen immer amüsant, selbst wenn der Alkohol ziemlich unausstehlich war. Ich blätterte *Die toten Seelen* durch, aus denen mir Jeanne so oft und glücklicherweise auf Französisch vorgelesen hatte, doch auch das machte mir kaum Lust, nach Russland zu fahren, alles dort war so laut, so exzessiv, so weit von Carver entfernt. Ich las noch einmal *Kathedrale*, und sobald ich zugedröhnt war, versuchte ich, eine Erzählung zu schreiben, doch nichts half, weder Heroin noch Opium, falls ich welches zu greifen bekam, und auch nicht Alkohol, wenn es nichts anderes gab, nichts half, nicht einmal die russische Literatur, ich wollte eine Erzählung für Jeanne schreiben, einen Text, der von ihr handeln sollte, eine schöne Geschichte, in der sie schön sein sollte, doch ich schaffte es nicht. Ich hatte immer noch ihren Satz im Kopf: »Dein Problem ist, dass du schreibst, um zu trinken, und nicht umgekehrt«, vielleicht hatte sie recht, ich wollte einen Schriftstellernamen haben, ein Schriftstellerschicksal, ein Leben voller Abenteuer, Genuss und Freiheit, ohne wirklich Lust zu verspüren, mir auch die Schriftstellerei und Arbeit aufzubürden, ich hing einem Kindheitstraum nach. Und eines Tages, als ich gerade von einer Telefonzelle aus mit Jeanne gesprochen hatte, in dieser Tristesse, die nur der November erzeugen kann, der

November und Paris, sah ich aus dem Augenwinkel in einer Ramschkiste eines Antiquars am Quai Voltaire ein Buch, es hieß ganz schlicht *In Russland* und stammte von Olivier Rolin. Ich hatte ein bisschen Kleingeld in der Tasche, kaufte es und dachte, es sei ein gutes Omen, direkt nach dem Gespräch mit Jeanne auf dieses Buch gestoßen zu sein. Ich wusste nichts über diesen Autor, dessen Name etwas Einfaches und Vertrautes hatte. Ich ging zu Fuß nach Hause zurück mit Jeannes Stimme, ihrer schönen Stimme im Ohr, und kaum angekommen begann ich zu lesen, diese Reise war fantastisch, das Russland dieses Rolin fesselnd, voll herrlicher Alkoholsorten und Wehmut. Am Ende des Buchs ging es um ein grünes Insekt namens Rosenkäfer, von dem ich noch nie gehört hatte, das aber dem Autor zufolge in den russischen Tiefebenen sehr häufig vorkommt; der Reisebericht endete mit den Worten: »Buchseiten sind Blütenblätter, die vom grünen Käfer des Vergessens angenagt werden.«

Ich klappte das kleine Bändchen langsam zu, schaute meinen Stift an und meine luxuriösen, hoffnungslos leeren Notizhefte, mein Glas, meine Flasche, meine Regale, die verdreckte Wohnung, das sich türmende Geschirr, und ich dachte, es gibt nicht viele Dinge, die wirklich wichtig sind im Leben, weder die Werke, die man schreibt, noch die Bücher, die man liest, und auch nicht das Schicksal, das alles wird letztlich von einem winzigen Tierchen zernagt wie eine zerbrechliche Blume, es war traurig, traurig und fröhlich zugleich, und ich nahm den einzigen wertvollen Gegenstand, den ich besaß, meinen einzigen Schatz: die Erstausgabe von *Panama*, signiert in der unvergleichlichen Handschrift des großen Blaise Cendrars, ich hatte sie, ein wenig von Feuchtigkeit zerfressen, zufällig bei einem Provinztrödler gefunden. Aufgewühlt von Russland, Jeanne, Rolin und seinem Käfer nahm ich ohne nachzudenken *Panama* unter den Arm, lief fast rennend zu einem Luxusbuchhändler in der Rue de l'Odéon und verkaufte diese *Panama*-Ausgabe umgehend für den Preis, den man mir bot, ohne zu handeln, ohne irgendeinen Schmerz, ohne Bedauern.

Ich verkaufte es und ging zurück nach Hause, räumte ein bisschen auf, trank ein kleines Glas und fiel in einen glücklichen Schlaf, in dem mir Jeannes Finger sanft auf der Brust entlangkrabbelten wie ein fantastisches Insekt.

Und zwei Wochen später flog ich nach Moskau.

Nowosibirsk

Da wären wir also, Wladimir, bald sind wir am Ende der Reise, wir sind fast da, dieser Baikal Express nach Irkutsk wird demnächst in Nowosibirsk eintreffen, wir werden aussteigen müssen, faule Socke, wir werden dich aus dieser bequemen Bettstatt herausheben müssen, deine Augen von der Landschaft loslösen und aussteigen, aussteigen und Nowosibirsk am Ob durchqueren, dem ersten sibirischen Strom, den ich sehen werde, dem kleinen Bruder des Jenissei, der Lena und des Amur, dieses Opfers einer zweifelhaften klanglichen Nähe zu einem zerstörerischen Gefühl, das ebenfalls im Winter zufrieren kann. Der Ob ist tatsächlich majestätisch und unwahrscheinlich breit, was werde ich in Nowosibirsk vorfinden, ich werde mein Herz in die Hand nehmen, ich werde stark sein müssen. Bliebe ich in diesem Abteil liegen, würde ich bis zum Baikalsee rollen; ich stelle ihn mir glatt und faltenlos vor, straff aufgespannt in einen endlosen Winter.

Ich frage mich, ob ich ihn irgendwann wirklich sehen werde. Ich frage mich, ob ich irgendwann den Stillen Ozean sehe und Wladiwostok, den Endbahnhof der längsten Zugstrecke der Welt, und ich erinnere mich jetzt, in *Les Temps sauvages* von Joseph Kessel die Geschichte eines Geisterzugs gelesen zu haben, der im Bahnhof von Wladiwostok eintrifft, eines Zugs des Grauens, in dem sämtliche Passagiere an Typhus gestorben sind und deren Kadaver nach dieser Odyssee von weiß Gott wie vielen Tagen mitten im Bürgerkrieg von Läusen nur so wimmeln, was auch geschieht, der Zug bringt einen ans Ziel, was auch passiert, er erreicht die Endstation, auch wenn der Tod höchstpersönlich den Schaffner spielt, siehst du, Wlado, auch dein Gespenst haben wir bis hierher bugsiert, bis zu dir nach Hause, ich frage mich, was du bei der Ankunft gesagt hättest, vielleicht: »Achtung, Nowosibirsk ist eine der hässlichsten Städte der Welt, mach dich darauf gefasst«, und du hättest sicher ergänzt, dass der Fluss dennoch großartig ist und dass es ein riesiges Freiluft-Eisenbahnmuseum gibt mit Dutzenden von trotz ihres Alters glänzenden Lokomotiven und so luxuriösen alten Waggons, dass der Zar Nikolas II. höchstpersönlich darin gereist wäre, du hättest für das Ausmaß des Kohleofens geschwärmt, der besagten Waggon beheizte, für den Komfort des Salons und für die Vorhänge, du hättest dir vorgestellt, wie du darin vor hundert Jahren durch das Heilige Russland gerollt wärst, dabei Wein aus Madeira getrunken und ganz gemächlich eine teuer aus Kuba importierte Zigarre geraucht hättest, dein Adjutant wäre von Zeit zu Zeit gekommen, um dir die Position des Zugs auf einer verwaisten Karte zu beschreiben, einer leeren grünen Karte mit ein paar wenigen schwarzen Pünktchen von kleinen, an der weißen Linie der Eisenbahnstrecke verteilten Marktflecken. Zwischen Jekaterinburg und Nowosibirsk habe ich Dörfer wie deines gesehen, buntgestrichene Holzhäuser, umgeben von ein paar Holzbrettern, die einen kleinen Garten einzäunen, Häuser gewordene Erinnerungen an ein Leben in einer anderen Zeit, und ich stelle mir vor, wie im Winter der Schnee das alles mit einem makellosen Weiß einhüllt, das nur vom Rot und Blau der Zäune und Behausungen belebt wird. Ich habe sogar einen Friedhof gesehen, Wladimir, einen fantastischen Friedhof mit ebenfalls buntgestrichenen Holzkreuzen und mit von einem kleinen

Park umgebenen Gräbern, ein magischer Ort, könnte man meinen, wo man Puppen beerdigt, russische Puppen wie uns drei, drei ineinandersteckende Matrjoschkas haben sich getrennt, ich war die kleinste, ich war die kleinste, Wladimir, ich nährte mich von euer beider Wärme, ich vergaß meine innere Leere in dieser Höhle der Freundschaft, das ist der Friedhof, an dem man dich beerdigen sollte, Wladimir, und mich auch, wir würden die Ewigkeit fröhlich damit verbringen, von den vorbeirollenden Zügen Richtung Osten geweckt zu werden oder von denen, die von dort zurückkommen, Seite an Seite, ganz bequem, und wir würden Jeanne zuwinken, der nur ein paar Schritte entfernten, lebendigen Jeanne am Fenster ihres Volldampfabteils. Von uns dreien hat nur Jeanne es geschafft, am Leben zu bleiben, sie hat es geschafft, uns zu entfliehen und auf Abstand zu gehen, zwar auch zu leiden, aber aus größerer Entfernung, und dabei die Entschlossenheit des Prinzen Bolkonski vor der Schlacht zu bewahren, ihre Willenskraft, denn Jeanne ist nicht die kleine Prinzessin, die sich vom Wochenbett oder irgendeiner Krankheit dahinraffen lässt, Jeanne ist eine Kraft, und ich weiß, wenn du beschlossen hast, Schluss zu machen, dann weil du selbst diese Kraft nicht hattest, du überließt dich dem Zufall und den Risiken des Lebens, bis du an ihnen kaputtgingst, weil du nicht wusstest, wie du aus dieser Geschichte wieder herauskommen solltest, wie ich wusstest du, dass du Jeanne verlieren würdest, du wusstest, dass sie ihren Weg im Leben sehr viel gerader bahnte als wir, mit der Schaufel, mit der Axt, sie nährte sich von der Kraft ihrer Träume, während unsere Kinderträume umso mehr schrumpften, je größer wir wurden, sie waren klein, winzig und vergeblich, befangen und umzäunt wie diese sibirischen Gräberchen, der Zug kommt an, Wladimir, der Zug steht, wir müssen aussteigen, mehr als drei Tage sind wir unterwegs gewesen. Drei Tage praktisch ohne diesen Verschlag zu verlassen, diesen Panoramakäfig mit Blick aufs Land. Ich weiß, wir hatten von einem ganz anderen Tod geträumt, wir hatten uns wahrlich einen anderen Tod vorgestellt, wir, die wir keine Revolution und keinen Krieg erlebt haben, wir träumten von einem Opfer, von Würde, von Mut, und vielleicht hast du diese Würde und diesen Mut ja gehabt, wie Taras Bulba, der sich im Sterben um das Schicksal seiner Kosaken sorgte, hast an mich, an Jeanne, an die Welt, an das endlose Kreisen der Welt, an das Vergessen, das alle Namen und alle Seiten frisst, gedacht, und dann bist du ins Nichts verschwunden.

Die Kälte ist beißend, aber es ist nicht die Kälte.

Das Gleis vibriert nicht mehr, es ist still, meine Füße trauen den Zehen nicht.

Selbst das Licht ist anders, wenn man aussteigt.

Die Reisenden schauen verwirrt nach rechts und links, im Gegensatz zum Zug gibt das Gleis keine Richtung vor, man kann es auch von vorn nach hinten ablaufen.

Ich gehe; die Passagiere haben Orientierung gewonnen und ihr Strom führt mich zum Ausgang, der Bahnhof ist voller Leute und Lärm, eine riesige Leuchtanzeige kündigt Moskau, Irkutsk, Wladiwostok an, ich bin da. Warum bin ich nach Nowosibirsk gefahren, Jeanne hatte mich doch gewarnt, diese Reise ist zwecklos, verlorene Liebesmühe, ich bin gekommen, um dich auferstehen zu lassen, um selbst zu sterben, um zu dir zu stoßen, glaube ich, und ein sibirisches Grab für uns zu finden, und diese ersten Schritte auf festem sibirischen Boden, auf echtem Boden, nicht dem des Zugs, fallen mir schwer und mir ist kalt.

Man reist nie bis ans Ende, man hält immer vorher an, der Bahnhof von Nowosibirsk liegt auf halber Strecke, das wird mir jetzt erst klar, auf halbem Weg zwischen Moskau und dem Pazifik, auf halbem Weg zwischen uns, in einer Lücke, in der Mitte eines Dreiecks, im Baryzentrum von Russland, in der Leere, und es gibt nichts anderes als eine Stadt, die gegen die Wälder und den Winter kämpft, eine Stadt der LKW-, Flugzeug-, Panzer- und weiß Gott was noch für Fabriken, vielleicht stellt man hier die Raketen her, die den Himmel durchbohren, um die Menschen zu den Sternen zu bringen, oder Satelliten, wer weiß. Der Bahnhof ist eisig, und an diesen Reisenden, die ankommen oder abfahren, ist keine Spur von Freundlichkeit zu finden, wirklich keine. Ich habe dich verloren, Wladimir, ich habe auch Jeanne verloren, und ich bin ganz allein. Der Herbst lässt mich erstarren. Der Fluss ist ganz nahe, hinter den Schienen, man spürt seinen eisigen Hauch. Der Bahnhof ist hübsch, er erinnert mich an die in Moskau, die schönen Moskauer Bahnhöfe, Jeanne erwartet mich nicht, das wirst auch du dir gesagt haben an deiner Endhaltestelle, in deinem Totenzug zum Stillen Ozean, Jeanne wird mich nicht mehr erwarten. Dem Bahnhof gegenüber liegt ein riesiges sowjetisches Hotel, ein Koloss von zwanzig Etagen, dort werde ich absteigen. Ich werde dort absteigen und was tun, ein Zimmer nehmen, warten, morgen vielleicht in dein Dorf fahren und tja, was werde ich tun, mehr gibt es in Nowosibirsk nicht zu tun, das wusste ich schon, als ich losfuhr. Die Dinge sind so zerbrechlich, so zerbrechlich, die Erinnerungen, das Glück, die Lieder, die Umarmungen, die Begierden, man muss in Bewegung bleiben, Züge nehmen, hierhin und dorthin fahren, in Russland umherirren.

Die Hotelangestellte gibt mir ein Zimmer im 15. Stock mit Blick auf die Schienen, die Züge und dahinter den Fluss, der sich im Morgengrauen rosa färbt.

Ich möchte

Ich möchte meine Reisen nie gemacht haben

Heute Abend quält mich eine große Liebe

Und wider meinen Willen denke ich an die kleine Jeanne de France

Wegen eines traurigen Abends habe ich ihr zu Ehren dieses Gedicht geschrieben

Jeanne

Ich bin traurig ich bin traurig

Ich werde ins Lapin Agile gehen und mich an meine verlorene Jugend zurückerinnern

Und kleine Gläser trinken

Dann werde ich allein nach Hause gehen

Paris

Stadt der Enthauptung, der Guillotine und des Kipplasters.

Warum kommen mir jetzt diese Verse in den Sinn, warum?

Wladimir, Jeanne, Paris, Moskau, Nowosibirsk, die Züge rollen nicht mehr auf den Gleisen, die Züge rollen nicht mehr.

Ich bin hierher gekommen, um zu verschwinden, ich werde mir dessen bewusst wie Jeanne sich dessen schon in Moskau bewusst war, ich bin gekommen, weil meine Schuldenlast bei dir zu groß ist, so groß, dass ich sie nicht mehr tragen kann, Wolodja, man vererbt keine Liebe, indem man weggeht, man nimmt sie mit sich.

Ich lege mich aufs Bett und blicke zum Fenster, aber alles ist reglos. Nichts bewegt sich mehr in der Landschaft. Auf dem Nachttisch steht ein Telefon; ich könnte Jeanne anrufen, weißt du, ich könnte Jeanne anrufen und ihr sagen, es tut mir leid, verzeih, oder diesen ganzen Unsinn, den die Leute sich sagen, aber vielleicht haben die

Leute ja recht, ich habe Lust, Jeanne anzurufen, nur um ihre Stimme zu hören, um sie so fern, in Moskau, viertausend Kilometer von hier entfernt atmen zu hören, ich kenne dieses Atmen schon so lange, weißt du, so lange, dieses Zögern vor manchen Worten, vor Liebesworten, ich weiß, es wird uns schwerfallen aufzulegen, ich weiß, nach unserem wortlosen Abschied werden wir weiter wortlos in der Leitung hängen, wir haben so lange nachts miteinander gesprochen, so lange, wir haben so lange gespielt zu sterben. Ich verstehe dich, die einzigen Male, die wir wirklich, wirklich, zu dritt zu sein verstanden, waren, vielleicht, die Momente, wenn wir sangen. Wir schlossen einander aus, Wladimir, in unserem langen Zögern, in unserer Schamhaftigkeit. Es tut mir leid. Es tut mir leid um die Momente in der Schwebe, die Momente der Zärtlichkeit, die Unmöglichkeit zuzugeben, dass wir drei waren, diese fürchterliche biologische Moral, die uns zur Bijektion, zur Symmetrie verdammt. Jeanne hat niemals etwas gesagt. Sie hat weder den einen noch den anderen von uns ausgeschlossen. Wir Gleichgepolten, du und ich, haben einander angesichts dieser Kompassnadel abgestoßen. Ich bin abgereist, weil Jeanne mich gebeten hatte abzureisen, und du? Es gibt keine Unfälle. Du hast dich Stück für Stück von der Nacht auffressen lassen.

Wie ich.

Und in der Einsamkeit dieses Hotelzimmers in Nowosibirsk, der Stadt der Kälte, des schweigenden Ob und des Eises, werde ich einschlafen. Ich werde einschlafen, ich werde diese Tabletten aus meinem Koffer schlucken. Diese Moleküle, die uns so viel Glück verschafft haben, ich werde sie einnehmen, um einzuschlafen, ich werde sie mit einem großen Glas sibirischen Wassers herunterschlucken; ich werde an Jeanne denken und an dich, den ich wiedersehen werde, ich werde an dein Wiegenlied denken, dieses so schöne, so fröhliche und so traurige Lied, denn der Schlaf ist dem Tod am ähnlichsten, ich werde mich zu deinem Wiegenlied gehen lassen, dir zuhören und dabei einschlafen, ich werde dir zuhören und dabei einschlafen und im Traum Jeannes magere Hand halten mit diesen vorstehenden Adern, die ich so gern nachfuhr, und in diesem Schlaf werden wir zu dritt sein, und ich werde ein letztes Mal an euch denken und einschlafen.

Еще не умер ты, еще не умер ты не один, du bist noch nicht tot, noch bist du nicht allein, ich bin bei dir, ich weiß, dass du mich hörst. Lass mich zu dir sprechen, ich bin hergekommen, um dieses Schweigen zu brechen. Ich bin hier, um dich bei der Hand zu nehmen, jetzt bin ich an der Reihe. Als du Moskau verließt, wusste ich, dass du nicht wiederkommen würdest; ich wusste es, wie man weiß, dass die Erde sich dreht oder dass die Tage enden werden, ohne dass man es sich bewusst macht. Ich werde diese Worte so lange sagen, bis du aufwachst. Еще не умер ты. Ich werde nicht von hier fortgehen. Wir sind von Montmartre ziemlich weit entfernt. Ich warte auf dich. Man sagt mir, dass nicht alle Hoffnung verloren ist, dass du dich in einem großen Wattetraum befindest, dass dein Gehirn schwach weiterfunktioniert. Du wirst aufwachen und wir werden uns auf eine lange Reise machen, diesmal werden wir bis zum Baikalsee, bis zum Stillen Ozean gelangen, im Winter, wenn alles gleich aussieht und ruhig ist; bis zum Baikalsee, hörst du? Bis zum Stillen Ozean! Ich werde an dich geschmiegt daliegen, in einem Abteil, das die Nacht teilt und das unermessliche, unter den Sternen graue Schneebett. Du hast noch Züge zu nehmen und Hände zu halten! Brich nicht ohne mich auf, bitte! Die Ärzte sagen, dass noch nichts entschieden ist, also werde ich dableiben. Du hast bis Nowosibirsk durchgehalten. Halte weiter durch, dann wirst du den restlichen Weg bis zum Ende des Kontinents sehen! Nach Wladiwostok kehren wir nach Moskau zurück, wenn du willst; wir machen uns einen Tee und legen uns ineinandergelöffelt ins Bett, und alles wird ganz sanft sein, das verspreche ich dir. Am Abend werden wir uns dick einmummeln, wir setzen uns Mützen auf und ziehen Handschuhe an und gehen Schlittschuh laufen oder sehen uns ein Stück im Taganka-Theater an oder trinken ein paar Gläser in einem schicken Lokal am Flussufer und das wird dich zum Lachen bringen, wir werden einfach alles hintereinander tun und danach werden wir eine Ofenkartoffel am Kiosk essen oder ich führe dich um drei Uhr morgens ins Mu-Mu *aus und wir schlingen ekliges Zeug mit Pilzen und Sahne herunter, wie mit Wladimir, oder wenn du willst, kehren wir nach*

Paris zurück, ich werde mit dir nach Paris gehen, diesmal werde ich dein königliches Dienstmädchenzimmer sehen, wie du es nanntest, und auch das wird gut sein. Es wird in Berlin, in Barcelona, in Budapest gut sein, an all diesen Orten, die dich zum Träumen bringen, es wird wie vor langer Zeit in Moskau sein, wir werden uns amüsieren und neue Dinge kennenlernen, uns wird kalt sein oder heiß, und wir werden uns in manchen Augenblicken hassen, aber nur in manchen, nur weil uns zu heiß oder zu kalt ist, weil wir uns zu sehr oder zu wenig lieben, aber bleib, um all das zu erleben, musst du bleiben, du kannst dich nicht in Sibirien in einem Krankenhausbett davonstehlen, das kannst du nicht tun, hör ein einziges Mal auf mich.

Die Krankenschwester hört mich Französisch sprechen und sagt nichts.

Unsere Jugend scheint sie zu rühren, sie findet dich zu jung, um dort hinüberzugehen, siehst du? Sie weiß Bescheid, vertrau ihr. Die Stunde hat noch nicht geschlagen, glaub mir, es ist ein Unfall; es ist noch ein Unfall. Ich kann euch nicht alle beide verlieren, ich kann euch nicht einen nach dem anderen verlieren, das geht nicht. Du musst bei mir bleiben. Ich weiß, was du alles verloren hast, du wie ich, mach dir keine Sorgen, ich weiß es, eine schreckliche Trockenheit ergreift dich und nimmt dir beim Einschlafen den Atem, ich kenne das; im Moment, in dem du glaubst einzuschlafen, kriegst du keine Luft und wachst immer wieder auf, ich kenne dieses Gefühl, man kann nur absichtslos einschlafen, nur tagsüber, in der Metro oder im Bus, wie aus Versehen, sonst ist es unmöglich. Man wird verfolgt. Jede Bewegung. Ich habe das Radio weggeschmissen, denn wenn ich morgens aufstand, war es angeschaltet; ich habe ihn dort, vor einem Kaffee und dem Radio sitzend, gefunden, also habe ich die Anlage weggeworfen und trinke Tee. Dafür kannst du mir nicht böse sein. Und auch dir kannst du dafür nicht böse sein. Ich habe begriffen, weißt du. Mit meinen Haken in der Rückenhaut mitten in diesem Tätowiertenclub in Moskau, wo ich blutend an der Decke hängend eine Ekstase vortäuschte, habe ich es begriffen, ich habe das ungeheure Schuldgefühl gesehen, das uns zusammenhielt, verzeih mir, ich weiß, dass du dir Vorwürfe machst, weil du glaubst, dass ich dich mehr liebte als ihn, und ich weiß, dass er aus demselben Grund gestorben ist, das alles weißt du nicht, du willst nichts davon wissen, du willst nicht, dass ich dir von ihm erzähle, aber es ist zu spät.

Bleib.

Komm zurück.

Ich muss dir etwas sagen, ich habe nie wirklich mit Wladimir geschlafen, diese Dinge haben ihre Bedeutung oder sie haben sie nicht, er schaffte es nicht, in mich … in mich einzudringen, du musst das wissen, das zu sagen ist fürchterlich intim, aber es ist wahr, er zog los und schlief mit unbekannten Frauen, die er gegen eine Wand gepresst oder in den Klos von Nachtclubs nahm, aber nicht mit mir, er war wie eine sehr zärtliche Jungfrau, in der Nacht sah er dich, er streichelte mich ein bisschen und wurde ärgerlich, stand auf verflüchtigte sich ging was trinken oder rauchen sich in einer Ecke spritzen und dann kam er zurück, versuchte, mich zu … ihn mir reinzustecken wie ihr sagt doch er wurde auf der Stelle schlaff, er war einen Moment lang genervt dann lachte er und befriedigte mich mit den Händen, verzeih mir, er fand Entschuldigungen, der Alkohol, die Drogen, der Winter, und ich war verloren, ich lag untätig da ich sollte dir das alles nicht erzählen aber du musst es wissen. Er wollte nicht, glaube ich, trotz all der Liebe, die er für mich und für dich empfand, er wollte nicht, also denk nicht darüber nach und komm zurück.

Komm einfach nur deswegen zurück, weil du jetzt weißt, dass Wladimir wie du war, dass er sich eigentlich schämte und Angst hatte, er schämte sich für sich selbst und hatte Angst, dir wehzutun, und dass du verzichtet hast, änderte für ihn nichts daran, selbst nach eurem Streit als besoffene Machos, als Bären, die sich ein Weibchen teilen müssen, ich habe viel geweint, als ich davon erfuhr, viel geweint, bevor ich darauf pfiff, weil ihr zwei Idioten wart, die nicht das Glück sahen, das wir hatten, das Glück, sich zu dritt so heftig zu lieben, ihr schlieft nicht miteinander, gut, trotzdem hattet ihr eure Rituale, eure Verschlungenheiten, und mich beachtetet ihr kaum, Jeanne war ja immer da für die Finger des einen oder den Schwanz des anderen, und jetzt ist das alles nicht mehr wichtig, weil ihr beschlossen habt zu gehen, wegzugehen und mich auf halbem Weg zurückzulassen.

In diesem Krankenhaus in Nowosibirsk, wo du nichts sagst und mit deiner letzten Reise beschäftigt bist. Aber du bist nicht tot, du bist noch immer nicht allein, ich bin da.

Auch ich hätte verschwinden können.

Nicht mit einem Zug nach Sibirien, das ist klar, aber ich hätte beschließen können, euch beide eurer eigenen Geschichte zu überlassen, ich hab es nicht getan, unter anderem für dich, aber auch für ihn, denn das alles ist kompliziert.

Ich habe sehr schnell verstanden.

Ich habe verstanden, dass Russland uns auffraß wie ein Menschenfresser.

All diese Erzählungen, all diese Märchen, all diese Lieder.

Man kann nur nach vorn schauen.

Man kann immer nur nach vorn schauen.

Alles ist kaputtgegangen, weil ich in dich verliebt war. In dich, aber auch in Russland, in seine wilde Seite, in Wolodja, der immer sang, wenn er wegging.

Man kann nur nach vorn schauen.

Wir sind Züge, die sich auf einer Einbahnstrecke kreuzten, im Volldampfrussland, im versengenden und kalten Moskau, im geheimnisvollen Ural, und wurden fortgetragen von endlosen Flüssen.

Wir sind uns verloren gegangen.

Versunken im Rumpeln einer 8000 Werst langen Reise, verschwunden im Nebel haben wir uns verloren, also komm zurück, komm zurück, tritt aus diesem Schweigen, lass dich führen vom Stern der Erinnerung an Wladimir, dem König der Welt, das hätte er gewollt, das weißt du so gut wie ich, er hätte unser Glück gewollt, deinen Erfolg, dass wir die sanfte russische Brutalität verlassen, dass du Bücher schreibst, Bücher über Bücher, er freute sich darauf, etwas von dir zu lesen, erinnerst du dich, er spornte dich an, denk nicht mehr an den grünen Käfer des Vergessens, komm, leb, arbeite, tu es für Wolodja, wenn du es nicht für mich tust, wenn etwas zerbrochen ist, wenn du mich nicht mehr liebst, trag ihn auf den Schultern, trag ihn wie eine Medaille um deinen Hals.

Schau, durchs Fenster sieht man schon silbrig glänzend den sibirischen Fluss des anbrechenden Morgens.

Dein Herz schlägt in meiner Hand, unsere Herzen schlagen in unseren Händen, alle Herzen schlagen in allen Händen.

Bald wird die Sonne aufgegangen sein.

Inhalt

Der Alkohol und die Wehmut ist die Prosafassung eines hundertminütigen Hörspiels, das in der Transsibirischen Eisenbahn zwischen Moskau und Nowosibirsk geschrieben und im Juli 2010 von France Culture gesendet wurde. Sprecher der Originalversion waren die Schauspieler Julie Pouillon und Serge Vladimirov, Regie führte Cédric Aussir. Die (tatsächliche) Reise wurde im Rahmen des Frankreich-Russland-Jahres von Cultures France ermöglicht.

Erste Auflage 2016

MSB Matthes & Seitz Berlin Verlagsgesellschaft mbH
Göhrener Str. 7 | 10437 Berlin
info@matthes-seitz-berlin.de

Lektorat Martin Kölbel, Berlin
Druck und Bindung Friedrich Pustet, Regensburg
Umschlaggestaltung Dirk Lebahn, Berlin
Satz Martin Kölbel, Berlin

www.matthes-seitz-berlin.de
ISBN 978-3-95757-349-0